로크미디어가
유혹하는
재미있는 세상

ROK
MEDIA
로크미디어

AMERICAN DREAM
아메리칸드림

아메리칸드림 7

2015년 9월 30일 초판 1쇄 인쇄
2015년 10월 5일 초판 1쇄 발행

지은이 금선
발행인 이종주

기획 팀 이주현 이기헌
책임 편집 김대원

발행처 (주)로크미디어
출판등록 2003년 3월 24일
주소 서울시 용산구 원효로97길 46 5층
Tel (02)3273-5135 Fax (02)3273-5134
홈페이지 rokmedia.com E-mail rokmedia@empas.com

© 금선, 2015

값 8,000원

ISBN 979-11-255-9567-0 (7권)
ISBN 979-11-255-8800-9 04810 (세트)

AMERICAN DREAM
아메리칸 드림

| 금선 장편소설 |

ROK
MEDIA
로크미디어

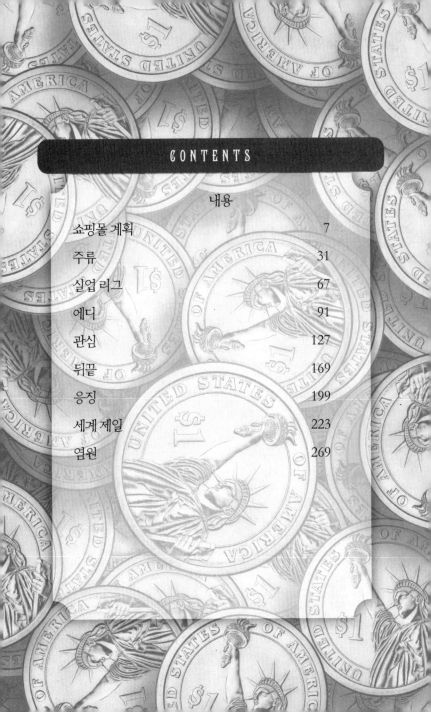

CONTENTS

내용

쇼핑몰 계획

며칠이 지나 프랭크가 뉴욕에 도착했고 대찬은 사무실이 아닌 허드슨 강에 위치한 저택으로 초대했는데, 사무실이 찝찝했기 때문이었다.

"오, 튼튼하게 잘 지어졌지요?"

가장 화제가 되고 있는 건축물의 창조자였기에 대찬에게 생색을 냈다.

"감사하게 생각하고 있어요."

"하하, 제가 자신 있게 자랑할 수 있는 몇 안 되는 역작이지요."

"다른 건물도 많이 있잖아요."

"네, 맞습니다. 하지만 그렇게 자랑스럽다는 생각이 들지는 않아서요. 이 저택처럼 공들여 짓는 건 쉽지 않습니다."

워낙 일이 많기에 일일이 신경 쓰지 못하는 건축물이 많았
었다.

"뭐 반은 사모님, 나머지는 기술자들의 덕이지요."

너스레를 떨었다.

"하하, 그런가요?"

두 사람은 기분 좋게 웃으며 이야기를 시작했다.

"그런데 건물의 안전성에 대해서 의문이 드신다고요?"

"네, 맞아요. 재난에 전혀 대비가 되지 않은 것 같았어요."

"재난이면 화재 같은 걸 말씀하시는 건가요?"

"정확히는 화재가 핵심이에요. 사무실이 높은 층에 있는
데, 만약 그곳에 불이 난다면 피할 길이 없더군요."

"그래서 외부에 철제 계단이 있습니다."

"알고 있어요. 그런데 제 사무실이 있는 건물은 전 주인이
외관상 좋지 않다고 제거했더군요."

"이런…… 그럼 사장님이 원하시는 것은 재난에 대피할 수
있는 방법입니까?"

대찬은 고개를 끄덕였다.

"네, 그런데 그 방법이 여러 가지였으면 좋겠어요. 가령
계단이 두 곳에 있고 그 외에 피할 수 있는 다른 수단이 추가
되었으면 좋겠어요."

"생각해 두신 게 있으신가요?"

프랭크의 질문에 재난 대비를 위해서 고민했던 것 중에 하나가 생각이 났다. 회귀 전 스펀지라는 유명한 방송 프로그램이 있었는데 63빌딩에 재난 대책이었다.

"음, 구멍을 내서 빠르게 아래층으로 가는 방법이 있어요."

"일부러 구멍을 낸다는 말이군요?"

"계단을 통해서 내려가는 것보다 훨씬 빠르겠죠. 대신 높은 곳에서 뛰어내리기 때문에 부상의 위험이 있어요. 그러니 부상에 대한 대비책을 연구해야겠지요?"

대찬이 기억하는 방법으로는 구멍에 맞춘 천 비슷한 것을 빨대처럼 달아서 천천히 하강하는 방식이었다. 하지만 그 물건이 무엇으로 구성되어 있는지는 기억이 나지 않았다.

"또, 비슷한 방식인데 미끄럼틀을 이용하는 방법도 좋을 것 같아요."

"아! 생각하지 못했습니다. 확실히 상상에 틀을 깨면 좋은 방법이 생기는 것 같습니다."

"그렇게 재난에 대해서 대피할 수 있는 여러 가지 방법이 있었으면 좋겠어요. 특히 높은 층일수록 말이죠."

"무슨 말인지 잘 알겠습니다. 한번 연구해 보겠습니다."

"그리고 지금 사무실로 쓰려고 하는 건물은 제가 불안해서 못 견디겠어요."

"그럼 새로 지을까요?"

"그러니까 바쁜 프랭크 씨를 이곳까지 오게 만들었죠."

대찬은 빙그레 웃었고 프랭크는 어깨를 들썩이며 어쩔 수 없다는 제스처를 했다.

"고층 빌딩을 원하시겠죠?"

호황으로 높고 화려한 고층 건물이 유행하고 있었다.

"고층 빌딩은 맞는데 제가 한 가지 새로운 건축 기술을 제안하고 싶은 게 있어요."

"새로운 건축 기술을요?"

"네, 간단하게 발상의 전환만 한 거예요."

"궁금합니다."

"콘크리트는 잘 알고 계실 거라고 생각해요."

"물론이죠. 요즘에 적당한 아파트는 대부분 콘크리트로 건설하고 있습니다."

"그런데 콘크리트로 만든 건물은 높은 층까지 올리기 곤란하잖아요, 맞죠?"

"철근을 뼈대 삼아 올려서 튼튼하기는 하지만, 아주 높은 층까지 건물을 올리기 곤란한 것은 사실입니다."

"그래서 발상을 전환해 본 거예요."

"어떻게요?"

"기둥이 되는 철근을 크고 두껍게 만들면 어떨까요?"

"크고 두껍게?"

"그러니까 기존 철근이 손가락 사이즈라면……."

아메리칸
드림

손가락을 보이다가 팔을 뻗었다.

"이렇게 두꺼운 철근을 쓰는 거지요."

"아!"

프랭크는 무언가를 깨달은 듯 혼자 생각에 잠겼다.

"혹시 또 다른 아이디어가 있으십니까?"

대찬이 이야기하는 것은 'H빔'이라는 건축자재로 만든 건물로, 지탱할 수 있는 기둥을 두꺼운 철근으로 만들고 시멘트로 두껍게 싸서 안전하게 건물을 높은 층까지 올릴 수 있는 방법이었다.

"제 생각으로는 건물을 지탱하는 기둥을 먼저 조립하고 거푸집을 만들어 기둥에 시멘트를 바른 다음 층을 만들 때는 기존에 사용하던 방법 그대로 철근을 넣어 층층이 쌓아 올리는 게 좋을 것 같아요."

"맞습니다. 만약 제안하신 방법대로만 된다면, 우리는 세계 최초로 초고층 빌딩을 만들 수 있을 겁니다."

'아마 무조건 될 거예요.'

건축에 대해서는 무지했지만, 거리를 지나다니면서 본 수많은 고층 빌딩들은 빨간색의 H빔의 자태를 보였다.

"그러면 특허부터 내야 되겠지요?"

"하하, 맞습니다. 이건 바로 특허등록을 하도록 하겠습니다. 물론 사장님 명의로요."

"공동 명의로 하시죠."

"네?"

"저는 그저 아이디어만 내고 모든 것을 현실화하는 것은 프랭크 씨니 공동으로 하는 것이 좋을 것 같아요."

"아니, 그래도……."

"아니요, 꼭 그렇게 해 주세요."

더 이상 혹을 붙이고 싶지 않았기에 대찬은 공동 명의를 원했다. 최근 펴낸 책의 여파로 좋은 점도 있고 나쁜 점도 있었는데, 굳이 비율을 따진다면 나쁜 점이 더 많았다. 조금 배웠다는 사람들은 대찬을 수준 높은 사람으로 봐서 말을 너무 어렵게 했다. 또 너무 오지랖을 떨었는지 여기저기서 이름이 오르내려 스트레스가 될 지경이었다.

'프랭크의 명의로 하고 싶었는데…….'

그렇게 제안한다면 절대로 하지 않을 것을 알기에 공동 명의로 하자는 생각이 들었다.

'사실 특허 하나쯤 없어도 되고.'

편하게 생각이 들었지만 한편으로는 다른 마음이 들었다.

'그런데 H빔이 나오면 이걸 이용해서 건물이 엄청 생길 건데 그럼 돈이 얼마야? 지금이라도 내 명의로 한다고 할까?'

갈팡질팡했지만 공동 명의가 맞다는 생각이 들어 잡생각을 떨쳐 냈다.

"그리고 제안할 것이 또 있어요."

"말씀하십시오."

아메리칸
드림

"규격화에 관한 건데요."

"규격화요? 그게 건축과 상관이 있습니까?"

"네, 상관 있죠. 최근 개발된 건축 방법이 있지요?"

"물론입니다. 최근 10년 사이에 새로운 건축 방법들이 많이 생겼지요."

"그런데 제가 제안한 철제 골조에 대해서 규격을 통일하는 게 어떨까 해서요."

"그럼 개성 있거나 더 높은 건물을 지을 때는 어떻게 합니까?"

"또 규격화해서 위치에 맞는 제품을 사용해야지요."

"규격화 안에 규격화군요?"

"맞아요."

"사용하기 편하기는 하겠습니다. 그런데 그렇게 하는 이유가 있습니까?"

"물론이죠. 초고층 건물을 우리 회사만 만들 것이 아니잖아요?"

"그럼?"

"당연히 팔아야죠."

아무리 회사가 크다고 한들 모든 건물을 짓고 다닐 수는 없었다. 그래서 기술을 전수해 주고 그에 따른 로열티를 받는 것이 이득이었다. 다만 이는 단기적일 수 있으니 장기적인 수입을 만들어 내야 했는데, 그것이 규격화였다.

"잘 이해가 되지 않습니다."

"어차피 건물은 앞으로도 계속해서 높고 더 높게 올라갈 거예요. 거기에 동의하시죠?"

"네."

"그럼 기술은 일정의 로열티만 받으면 돼요. 하지만 이대로 남 좋은 일 시키기는 그렇잖아요?"

"남 좋은 일이라면?"

"철강 회사에서 만들어서 판매할 건데, 그걸 우리가 규격화해서 판매하자는 거지요. 같은 철강이라도 만드는 방법에 따라 품질이 다르지 않겠어요?"

"계속해서 판매할 수 있는 건축자재를 만들어 판매하자는 말이시군요."

"맞아요!"

대찬의 말대로 하려면 제품을 연구해 건축용에 알맞은 제품을 생산해 내야만 했다.

"저에게 많은 숙제를 내 주시는군요."

하지만 새로운 건축 기술이라는 설렘 때문인지 표정만큼은 굉장히 밝았다.

"당분간 연구소에 계시는 스승님이 바쁘실 것 같습니다, 하하."

반면 대찬은 새로운 생각에 잠겼다.

'규격화하니 떠오르는 것들이 있는데, 이것도 선점하면 효

과가 대단하겠는데?'

대찬 소유의 회사 중에 규격화하기 좋은 것들이 굉장히 많았다. 그중에 하나는 채색 회사였는데, 색을 개발하고 이름 붙여 특허를 내면 그 색상은 회사의 소유가 되었고 누군가 사용하기 위해서는 로열티를 내야만 했다.

당시에는 제품의 차별화를 위한 색상 개발이 필요했기에 시작했지만, 색상만 잘 규격화한다면 새로운 돈벌이였다. 그리고 가전제품 역시 사이즈를 정해서 정확한 규격화를 해 사용하는 사람에게 맞는 제품을 판매할 수 있었다.

'그리고 인증 마크 같은 것도 써먹을 수 있고.'

제품에 대한 신뢰도를 주는 낙인이었지만, 이를 통해 고객들이 가지는 신뢰감이 대단하다는 것을 익히 잘 알고 있었다.

'새로운 사업은 규격을 선점해서 내 위주로 따라오게 만드는 건가?'

개안한 느낌이었다.

'좋은데?'

항상 새로운 돈벌이는 기분 좋게 만들었다.

'연구해 봐야겠어.'

한참 생각에 빠져 있는데 곧 멈춰야만 했다.

"사장님께서 대형 쇼핑몰을 만드신다고 들었습니다. 아직 그 이야기는 하나도 하지 않으셨군요."

"아, 쇼핑몰!"

"이것 역시 생각해 두신 게 있는 것 같습니다?"

"그러고 보니 아직 그 이야기를 안 했네요."

"넓은 부지를 구해 두셨다고요?"

"지금 인구수가 많은 도심에서 멀지 않은 곳에 제법 넓은 부지를 확보해 두었어요. 그리고 거기에 복합적인 쇼핑몰을 만들까 해요."

"일종의 백화점 말인가요?"

"비슷해요. 하지만 조금 다른 점이 있어요."

"어떤?"

"일단 원스톱 쇼핑이 가능한 곳이었으면 해요."

"원스톱?"

"네, 한 곳에 구하고 싶은 모든 제품이 있는 그런 개념이에요."

아직 원스톱이라는 개념 자체가 없는 시기였다.

"그러니 쇼핑을 하려면 걸어야 할 것이고 배가 고프면 식사도 해야겠지요. 그러면서 넓은 매장을 둘러보면서 원하는 제품을 보고 구입하게 만드는 거예요."

"굉장히 복합적인 곳이군요."

"그런데 백화점과는 다른 이유는 다른 흥밋거리가 많기 때문이에요."

"흥밋거리라면 어떤?"

"백화점은 건물 안에서만 구입하잖아요. 그런데 내가 생각하는 쇼핑몰은 광장도 있고 야외무대도 있는 복합적인 문화 공간을 창출하는 거예요."

"쇼핑만 하는 곳이 아니군요?"

"정답! 그리고 모든 제품을 회사에서 책임지고 판매하는 것이 아니고 여러 사람에게 기회를 줄 수가 있지요. 예를 들어 일정 공간을 개인 디자이너에게 제공해서 디자이너 브랜드를 만들어 줄 수도 있고 회사는 일정 시간이 지나면 그 사람들에게 세를 받을 수도 있지요."

"그럼 쇼핑몰의 개념에 문화 예술 공간을 합쳐서 새로운 형식의 사업체 건물을 지어야겠군요."

"그렇게까지 거창한 것은 아니고요. 핵심은 수익을 올리는 사업체인데, 매출을 올리기 위해서 문화 공간인 척하는 거지요."

"하하, 알겠습니다. 일단 설계는 해 보겠습니다. 보시고 부족한 점을 알려 주셨으면 합니다."

"물론이죠."

프랭크는 설계도를 보내 주기로 하고 저택을 떠났다.

"이제 에릭을 만나야 하나?"

쇼핑몰에 입점할 사업체를 만들거나 섭외해야 했는데, 둘 다 빠르게 처리하기 위해서는 에릭이 필요했다.

에릭이 뉴욕에 방문한 것은 프랭크와 만남을 가진 며칠 뒤였다.

"일을 크게 벌이신다고요?"

"벌써 소문이 났어요?"

"시끌벅적하더군요."

저택에서 호화로운 파티가 열린 뒤 대찬의 행보는 사람들의 초미의 관심사가 되어 있었다.

"어떻게 소문이 났어요?"

"대략 뉴욕에 신흥 부동산 재벌이 나타났다는 정도입니다. 그런데 사장님이 구입하신 땅을 기준으로 땅값이 많이 오르고 있는 것 같습니다."

"벌써요?"

"아무래도 사람들의 기대 심리가 높은 탓일 겁니다."

대찬이 넓은 부지를 확보함으로써 그곳에 무언가 생긴다는 것은 생각할 수 있는 사람이라면 누구든지 예상할 수 있었다. 더군다나 사업에 관해서는 불패 신화를 써 나가고 있는 상황. 그래서 돈을 좇는 사람들은 그를 주시하고 어떻든 이득을 보기 위해 혈안이 되어 있었다.

'정보력 빠른 사람이 돈을 버는 건 똑같네.'

계획하고 있는 쇼핑몰이 생긴다면 주변에 있는 땅값이 상승할 것은 확실했다. 문화와 쇼핑이 충족되었고 소규모이기는 하지만 공원까지 만들 생각이었으니 생활하기 좋은 조건이었고 쇼핑몰의 여파로 유동 인구가 많이 생길 것이니 상업적인 건물을 만들어도 손해 보지는 않을 것이었다.

"그렇군요. 에릭도 여건이 된다면 주변에 땅을 사 둬요."

"하하, 알겠습니다. 그런데 제가 무슨 일을 하면 되겠습니까?"

"이거 받아요."

대찬은 두꺼운 서류 더미를 넘겨주었다.

"새로운 사업에 대한 계획서예요. 물론 기밀 사항입니다."

에릭은 빠르게 사업 개요를 읽기 시작하더니 빠르게 서류를 넘겨 가며 핵심을 파악했다.

"아, 굉장히 획기적인 시스템입니다! 이런 쇼핑몰이 생긴다면 사람들이 다른 곳을 방문할 필요가 없어지게 됩니다."

"맞아요. 그런데 처음 하는 일이라서 여러 가지 문제점이 많이 생길 거예요."

이미 수차례 대형 쇼핑몰에 대한 경험이 있는 대찬은 사람들의 특성에 대해서 잘 알고 있었는데, 크고 즐길 게 많아도 무조건 성공하는 것이 아니라는 것을 알고 있었다.

"그리고 아마 호불호가 극명히 갈릴 거예요."

"하지만 그럼에도 불구하고 유행을 선도할 수 있을 것 같습니다."

유행의 선두.

뉴욕 하면 떠오르는 것은 두 가지다.

하나는 자유의 여신상 그리고 다른 하나는 '뉴요커.'

뉴요커는 세계적으로 유명한 것이 있었는데 바로 패션이었다.

대찬이 처음 뉴욕을 방문했을 때 놀랐던 것이 있었다. 굉장히 많은 사람이 살고 있었고 많은 이민자들이 처음 도착한 곳이 동부였다. 그래서 사람들의 복장이 상당히 달랐는데 서부에서는 구경하기도 힘든 복장을 하고 있는 사람들이 많았다. 궁금함에 따로 알아보니 유행이라는 것이었다. 이후에도 뉴욕을 방문할 때마다 새로운 유행이 있었고 현재도 계속해서 새로운 유행이 생기고 있었다.

"맞아요. 유행에 민감한 뉴욕 사람들 때문에 제가 패션에 대한 사업을 중요하게 추진하려고 하는 거예요."

"그래서 디자이너 숍 위주의 브랜드 사업을 따로 잡아 놓으신 거군요."

대찬은 고개를 끄덕였다.

"10년 전에는 런던이 세계 금융의 중심지였어요. 하지만 현재 금융의 중심은 뉴욕이죠. 현재 패션의 중심은 어딜까요?"

"그, 글쎄요."

의복 분야에 대해서 잘 모르는 에릭은 눈에 띄게 당황했다.

"나도 몰라요, 하하. 하지만 이번 기회에 뉴욕이 세계 패션의 중심이 될 거라고 믿어요."

"제가 뭘 하면 되겠습니까?"

"세계 최고의 의류 디자이너들을 섭외해 보세요."

"기준은 어떻게 하는 것이 좋겠습니까?"

에릭의 질문에 이번에는 대찬이 당황했다.

'기준? 뭘 아는 게 있어야지.'

명품으로 알고 있는 브랜드는 있었다.

루이뷔통, 샤넬, 버버리, 지방시, 아르마니, 프라다 등 분명하게 알고는 있었지만 문제가 있었다.

'어느 나라 브랜드인지 몰라.'

회귀 전 명품을 가져 본 적이 없기 때문에 명품과는 거리가 먼 사람이 대찬이었다.

"일단 프랑스로 가서 상류층에게 사랑받는 의류나 가방을 만드는 사람을 섭외해요."

"의류는 알겠습니다만 가방은 왜?"

"여성들은 챙길 것이 많다고 들었어요. 그런데 여성 의류는 대부분 주머니가 아예 없는 경우가 태반이더군요."

"아, 이해했습니다."

"그리고 실력 있는 구두 장인들도 섭외해서 브랜드화 제의를 해 보세요."

"알겠습니다. 그런데 해외에서만 디자이너를 구하면 되겠습니까?"

"아니요. 미국 전역에도 실력 있는 사람이 많이 있을 거예요. 음, 차라리 전국에 대대적으로 공모전을 해 보도록 하지요."

"알겠습니다. 그런데 문제가 있습니다."

"문제요?"

"공모전은 하겠는데 심사는 누가 합니까?"

'아뿔싸.'

심사할 사람이 없는 점은 미처 생각하지 못했다.

"이런, 그 점은 생각을 못 했네요. 일단 공모전은 보류하고 유명세를 떨치는 사람들 섭외를 우선하도록 하지요."

"그렇게 진행하도록 하겠습니다. 그리고 가구 사업도 한다고 하셨는데, 저가형 가구라는 것이 무엇을 말하는 것입니까?"

"아, 그 가구 사업은……."

대찬은 DIY의 개념에 대해서 먼저 설명을 해야만 했다.

'Do it yourself.'

스스로 제작, 수리, 장식하는 개념이었는데, 업체에서 생산하는 양산품이 아닌 스스로 원하는 모습으로 만들기 때문에 굉장히 창조적이고 자신에게 맞는 물품을 만들 수 있었다.

"……해서 재료만 공급하고 간단한 설계도만 제공하는 거지요. 나머지는 소비자 입맛대로 만들면 되는 것이고요."

"일종에 재료상 같은 거군요."

"비슷해요."

"일단 가구 장인들을 섭외해서 상의 후 보고드리겠습니다."

"좋아요. 더 궁금한 게 있나요?"

"당장은 진행해 봐야 알겠습니다. 그리고 다른 사업체 일괄 보고서입니다."

들고 온 가방에서 두꺼운 서류가 나왔다.

"드린 서류의 첫 번째 사항은 지금 읽어 보셔야 될 것 같습니다."

에릭의 말을 듣고 서류를 읽었다.

"이야, 드디어!"

서류에는 오랫동안 기다렸던 내용이 적혀 있었다.

-냉동차 개발 완료.

그리고 밑에는 실험 결과와 당장 상용화가 가능하다고 덧붙여 있었다.

"당장 시작해요."

"이것 역시 바로 진행하도록 하겠습니다."

"이제 식자재의 폭풍이 크게 불 거예요."

"저도 그렇게 생각합니다."

냉장고의 냉매 개발로 작지만 육류를 저장할 수 있는 창고를 만들어 운영하고 있었는데, 그 효과는 탁월했다. 판매되지 않거나 선호도가 떨어지는 부위를 저장해 다른 식으로 가공할 수 있기 때문이었다. 하지만 이 방법은 이동 경로가 짧은 가까운 지역만 가능했다.

그런데 냉동차가 개발되어 운영이 가능해지면서 이 모든 것이 해결된 것이었다. 이제는 아무리 먼 지역이라도 얼린 상태 그대로 유통이 가능해질 테니 모든 식자재가 미국 전역에 유통될 것이다.

더군다나 유통망은 꽉 잡고 있는 상황이니 물량이 늘어난다면 이득이 되는 상황이었다. 모건만이 유일하게 대찬과의 거래로 큰 유통 업체를 가지고 있었지만, 그다지 큰 관심을 가지고 있지는 않는 것 같았다.

"그런데 생각보다 빠르게 됐네요?"

"기존 냉장고를 보고 연구원들이 느낀 바가 컸던 것 같습니다. 그런데 문제점이 전혀 없는 것은 아닙니다. 계속 읽어 보시지요."

서류에 다시 고개를 박고 미처 읽지 못했던 부분을 읽었다.

"온도 조절이 안 되고 많은 물량을 가지고 장거리 이동 시에 문제가 있다."

마지막에는 계속 연구해 개선하겠다는 내용이 적혀 있었다.

"아직 부족하네요. 그래도 우리 연구원들 대단하네요. 포상을 두둑이 해 주세요."

"최대한 챙겨 주겠습니다."

"좋아요. 이제 중요한 보고는 끝인가요?"

"네, 저는 다시 일하러 가 봐야겠습니다."

"에릭, 일도 좋지만 뉴욕에 온 김에 며칠 쉬었다가 가요. 저기 보이는 게스트 하우스가 굉장히 좋아요."

"하하, 말씀만으로도 감사합니다. 그런데 아내 없이 보내는 건 딱히 휴식 같지 않습니다. 그러니까 다음에 아내와 함께하겠습니다."

"하하, 알겠어요. 그럼 다음에 봐요."

"넷! 다음에 뵙겠습니다."

에릭은 익살스럽게 경례하며 저택을 떠났다.

바쁘게 생활하며 동부 생활에 적응하다 보니 어느새 1919년의 마지막 날이 되어 있었다.

"시간 빠르네."

매일 일에 치여서 살다 보니 하루가 어떻게 가는지도 모르고 서류에 파묻혀 살았다. 그러나 매년 마지막 날은 꼭 가족과 함께했다.

"너무 야속해요."

엠마의 배가 살짝 나와 있었다.

"그래요? 나는 어서 이 아이가 보고 싶은데."

"호호, 둘째도 좋지만 주니어랑 시간 좀 보내 줘요. 매일 아빠랑 놀고 싶다고 얼마나 투정 부리는지 몰라요."

"아, 나도 그러고 싶지만⋯⋯."

"핑계는 그만! 일주일에 한 번이라도 좋으니 같이 낚시도 하고 말도 타고 하면서 부자간에 추억 좀 만들어 봐요."

아들과 같이 보낸 시간을 곰곰이 생각해 보니 거의 없는 것 같았다.

"알았어요. 노력해 볼게요."

"약속했어요."

두 사람이 대화하는 동안 시간이 흘러 새해를 맞이하는 시간이 됐다.

"Happy new year!"

입맞춤.

새해가 주는 짜릿함은 여전했다.

해가 바뀐 다음 새롭게 시행되는 것이 있었는데 여성 참정권과 금주법이었다.

두 가지 법이 시행되면서 사회에는 약간의 변화가 생겼는데, 피켓을 들고 시위하던 여성들이 집으로 돌아갔고 법이 시행되면서 신여성이라고 불리는 여성들이 생기기 시작한 것이었다. 이들은 짙은 립스틱과 잔뜩 부풀린 머리 그리고 가슴이 깊게 파인 의상을 즐겨 입었다. 혹은 짧은 머리를 고수해 중성적인 이미지를 보이며 고층 빌딩으로 부각되는 사회에서 살아가는 현대 여성처럼 보이기도 했다.

또 다른 모습은 금주법으로 인한 것이었는데, 여기저기서 술을 버리고 있는 모습을 쉽게 볼 수 있었다. 알코올 농도 0.5%를 넘기면 불법으로 간주했는데, 유통되는 맥주의 알코올 농도가 평균적으로 3, 4%였기 때문에 합법적으로 먹을 수 있는 술은 의료용을 제외하면 전무했다.

금주법은 알코올 중독이나 범죄를 줄이기 위한다는 것이 법의 제정 명분 및 목적이었으나, 실제로는 양조업에 종사하는 독일 이민자들에 대한 견제였다.

쉬쉬하기는 했지만 독일에 대한 감정이 좋지 않았다. 그래서 금주법을 통해 독일 이민자들이 양조업을 함으로써 부를 쌓는 일을 견제하려 함이었다.

한 곳에서는 술을 버리고 있었지만 무언가를 하지 말라고 하면 인간은 꼭 청개구리 심보를 보였다.

술을 좋아하는 사람들은 구해서 마셨고 아직까지 정부에서 회수하지 못한 술이 많이 있었기에 아직까지는 쉽게 술을 구해 마실 수 있었다.

"사실 말도 안 되지."

대호황.

"그것도 어중간한 호황이 아닌 엄청난 대호황을 경험하고 있는 나라에서 술을 마시지 말라고 하면 퍽이나 마시지 않겠다."

애당초 말도 되지 않는 법이었다.

"그나저나 내 와인 창고는 괜찮겠지?"

원래라면 법적으로 소유하고 있는 와인들 전부 깡그리 압수당해야 했다. 그렇지만 대찬은 사회적 위치도 있고 로비를 충분히 해 두었으니 문제가 없을 것이다.

주류

샌프란시스코와 뉴욕에서 생활은 비슷했다. 하지만 크게 변한 것이 하나 있었는데, 그것은 만나는 사람이 완전히 다르다는 것이었다. 기존에는 측근들과 동포들을 주로 만났었다면 뉴욕에서 만나는 사람들은 상류층이거나 유력 인사가 대부분이었다.

"하하, 그럼 기대하겠습니다."

"어휴, 너무 부담 주시지 마세요."

"그럼 자리를 만들어서 연락드리겠습니다."

백인 사내는 벗어 놓은 모자를 쓰고는 사무실을 나갔다.

"에구구."

대찬은 앓는 소리를 내고는 의자에 털썩 주저앉았다.

"공화당으로 갈아타는 것도 일이네."

대통령 선거가 있는 해였기 때문에 정치권의 동향을 파악하는 데 주력했는데, 돌아가는 상황이 다시 민주당에서 대통령이 나올 것 같지 않았다. 그리고 마침 새로운 대통령 후보로 유력한 사람들이 신문에 오르내리기 시작했는데, 한 이름이 눈에 띄었다.

워런 G. 하딩Warren Gamaliel Harding.

미국의 역대 대통령 이름에 대해서 대찬은 잘 모르고 있었지만, 익숙함을 느꼈기에 이번에는 공화당을 지지해야 한다는 예감이 강하게 들었다.

'익숙한 것도 익숙한 것이지만 민주당에서 대통령이 나오지 못할 것 같은 몇 가지 이유가 더 있어.'

미국은 철저한 고립주의를 내세우며 중립적인 위치를 고수하는 나라였다. 이는 초대 대통령인 조지 워싱턴의 이임사에서부터 시작되었는데, 미국은 유럽의 어떠한 국가와도 관계를 맺으면 안 되며 유럽의 분쟁에 휘말리면 안 된다고 강조하였다. 그 이후 약 백여 년 동안 미국은 먼로독트린 등을 통해 고립주의를 더욱 강화하였다. 그런데 이번에 전쟁에 참가하게 되었고 이로 인해 고립주의에서 벗어났다는 비판을 피할 수 없게 되었다.

다음으로는 전쟁 호황이 끝남과 동시에 당장 판매처가 부족해진 육 가공과 철강 사업에 노동자들이 큰 파업을 일으켰

아메리칸
드림

다. 거기에다 시카고에서는 인종 폭동이 일어나고 테러리스트의 월가 공격으로 무장이나 테러에 대한 공포가 확산되고 있었다.

그리고 미국을 벗어난 해외는 혁명이나 전쟁의 소용돌이에서 벗어나지 못하고 있었다.

우드로 윌슨은 이 모든 일의 책임 대상이 되었고 건강도 악화되어 가니 아무도 그를 위해서 변호해 주는 사람이 없었다.

대중들은 이 모든 사회현상에 피곤해하고 있었다.

'그런데 금주법이 마침 시행되었지.'

잔뜩 스트레스를 받은 사람들에겐 이것을 풀 수 있는 길이 필요했다.

'쯧, 민주당의 입장에서는 너무 안 좋은 상황이야.'

지원을 계속하기는 하겠지만, 이제는 공화당에 신경을 더 써야만 했다.

"일단 정치는 이대로 가면 될 것 같고, 이제 일이나 해야지."

대찬은 프랭크가 보낸 설계도를 펼쳐 놓고 한쪽에 모형으로 만들어 놓은 건물을 천천히 살피기 시작했다.

"흠, 이 부분은 바꿔야겠는데?"

마음에 들지 않는 부분을 점검하고 어떻게 수정해야 될지 의견을 적었는데, 이건 전적으로 미리 경험해 본 대형 쇼핑몰을 참고한 것이었다.

"딱딱해."

설계한 외관을 보면 동서양이 섞여 꽤나 독창적이고 특색 있는 모습이었지만, 내부 설계를 보면 딱딱하기 그지없었다. 특히 쇼핑몰 내부에서 한꺼번에 계산할 수 있는 시스템을 생각하고 있었는데, 미리 칸막이를 해 놔서 개인 사업장 같은 구조를 가지고 있었다.

"회사에서 운영하는 사업장 같은 경우에는 무조건 원스톱 시스템으로 만들어야 하는데, 이상하네? 분명히 설명한 것 같은데 아직 제대로 이해가 안 됐나?"

프랭크는 원스톱 시스템에 대해서 이해가 되지 않은 것 같았다.

"다시 만나서 이야기해 봐야겠다."

대찬은 프랭크를 뉴욕으로 불러 설계에 적극적으로 참여하기 시작했다. 대형화할 곳은 칸막이를 없애고 디자이너들이 입주할 곳은 칸막이를 만들었다. 그리고 사람들이 휴식을 하거나 지나다니면서 이목을 집중시킬 수 있는 곳에 배치했다. 문화 공간의 출입구 역시 의류 상점에 집중시켰는데, 유동 인구를 최대한 집중시키려 한 것이다.

결국 최종적으로 승인된 설계도는 개인 상점으로 출입이 집중되게 만들었다. 맨 안쪽에는 대형화 매장이 중간에는 문화 공간을 배치했고 그 사이에 푸드 코트가 있었다.

"시공에 들어가겠습니다."

꼼꼼하게 확인한 대찬은 이를 승인했고, 곧 K 센터의 공사가 시작되었다.

한편 조선총독부는 간도에서 깊은 분노를 담은 군사적 행동을 시작했다.

평소와 똑같이 소규모로 활동하던 광복군은 일본군 경비초소를 공격했는데, 조선총독부는 과감하게 군을 움직여 소탕 작전을 시작했다.

전투의 서막이 오른 것이다.

원 역사대로라면 3.1 만세 운동이 일어난 이후 만주와 연해주, 간도 등에서 국민회군, 북로군정서군, 서로군정서군, 대한광복군 총영 등의 수많은 독립군 부대가 창설되어 독립적으로 활동했을 것이었지만, 지금은 임시정부나 광복군에 가담하여 큰 틀에서 국가적으로 활동했다. 그리고 이는 많은 승리를 광복군에게 안겨 주었다.

이에 계속해서 피해가 누적되는 것에 분노를 느낀 일본군은 제19사단을 움직여 광복군 토벌에 나섰다. 본래대로라면 야스가와 지로 소좌가 이끄는 1개 대대만 움직이는 것과는 다른 행동이었다.

하지만 사전에 이 정보를 입수한 광복군은 철수하거나 은신처에 숨으며 일본군과 직접적인 교전을 피하는 행동을 보였다. 그러면서 일본군이 움직이는 모든 곳에 함정을 설치했는데, 결국 일본군은 수많은 함정에 피해만 보았을 뿐 직접적인 교전을 할 수 없었다.

"칙쇼! 도대체 어디 있는 거냐!"

머리끝까지 화가 난 제19보병사단의 사단장은 빨개진 얼굴로 씩씩거리고 있었다.

"소좌, 제대로 첩보 활동을 하는 것 맞아?"

"죄송합니다."

"결과를 내야 한다, 결과를!"

"하!"

사단장의 명령에 어떻게든 광복군을 찾기 위해 간도 전역을 들쑤시고 다녔지만, 오히려 함정에 의한 피해만 늘어날 뿐 광복군의 그림자조차 찾지 못했다.

"見えない."

"そう……."

일본군 정찰병이 풀숲을 수색했다.

그러다 얼마의 시간이 지나자 아무것도 없음을 깨닫고 부대로 복귀했다.

"아씨!"

아무도 없는 곳에 목소리가 들렸다.

"왜?"

"또 밟혔어."

부스럭거리며 팔이 올라왔다.

"그래? 내 구멍에는 개구리 들어 와서 뛰어다니더라."

땅이 살짝 열리며 사람이 살짝 고개를 내밀었다.

"언제까지 이러고 있어야 돼?"

"아까 지나가는 쪽발이들 말 들어 보니까 곧 돌아갈 것 같은데?"

"하아, 지친다, 자리 바꾸자."

"안 되는 거 너도 알잖아."

"그냥 해 본 말이었어."

"쉿!"

두 사람이 말을 멈추자 다시 아무도 없는 풀숲이 되었다.

일본군의 눈에 광복군이 보이지 않는 이유였다.

대찬이 가진 기술을 처음 특수조 대원들에게 전수할 때 가장 중요하고 철저하게 가르쳤던 것이 위장술이었다. 한반도의 특성상 삼면이 바다였고 인구수가 적어 어떻게든 살아남을 수 있는 생존 기술을 집중적으로 가르쳤다. 자연과 동화되는 위장 기술이 필수적이라는 것을 공감한 광복군의 수뇌는 이를 광복군의 필수 기술로 지정하였고 그 덕에 효과를 톡톡히 보고 있었다.

위장을 위해 군복마저도 검은색, 초록색, 갈색이 뒤섞인 국방 무늬로 채웠다.

한 명 한 명이 저격수인 것처럼 밟아도 아무 소리도 내지 않고 꿈틀대지도 않아야 했다. 거기에다 며칠 동안 버틸 수 있는 인내를 가진 사람만 국내 진공 활동을 할 수 있는 자격을 부여했다. 그렇기에 일본군은 어디에 숨어 있는 줄 모르는 광복군을 찾아낼 방법이 없었던 것이었다.

힘들게 훈련받은 것이 실수로 발각되는 것을 큰 수치라 여기는 이들은 어떻게든 꾹 참고 명령이 내려오기 전까지 참고 있었다.

시간이 지나고 성과가 없자 질책을 받은 일본군 사단장은 회군하라는 명령을 내렸다.

광복군은 이 정보를 입수하였고 드디어 반격 명령이 떨어졌다.

—회군하는 길목을 차단하여 일시 공격 후 후퇴.

숨어 있던 광복군은 회군하는 일본군을 미리 준비하여 공격하거나 기습적으로 공격하고 빠지는 게릴라 활동을 시작했고 신출귀몰한 광복군의 공격을 예측할 수 없었던 일본군은 큰 피해를 입었다.

결국 전투는 광복군이 승리했다. 그로 인해 본래 역사에 있던 홍범도의 봉오동전투는 일어나지 않았고 간도 기습 전투라는 새로운 결과물이 생겼다.

대회의장에서 몇 달 만에 수뇌 회의가 열렸다.

"······으로 현재 유통량은 수개월간 몇 배 이상 늘어난 상태입니다. 인력 보충과 장비를 늘려야만 합니다."

냉동차의 운영으로 전국적으로 식자재의 유통이 시작되었는데 반응이 엄청 뜨거웠다. 내륙 지방에는 평소에 바다에서 나는 해산물을 접하지 못했다가 본격적으로 유통되자 쉽게 접할 수 있었다. 그로 인해 품질은 떨어지더라도 특유의 풍미를 접한 사람들은 맛을 잊지 못하고 더욱 신선한 것을 원했다.

"그리고 모건 유통에서 냉동차를 구입할 수 있는지 문의하고 있습니다."

전쟁 특수로 이미 호황이 끝난 모건의 철강 사업은 수익이 대폭 줄었는데, 여기에 파업까지 더해져 재미없는 상황이었다. 그런데 대찬이 권한 유통 사업이 냉동차로 인해 꾸준하게 성장하는 것을 보고 단도직입적으로 냉동차를 구매할 수 있는지 문의했다.

"그런 것은 재량껏 처리할 수 있지 않아요?"

"물론 사장님이 주신 권한이라면 그렇습니다. 다만 외부에 회사의 중요한 기술이 담긴 물건을 판매하기 꺼려집니다."

"지금 냉장고 판매는 어떤가요?"

"공장을 증축한 만큼 판매량은 계속해서 증가하고 있습니다."

"앞으로 냉장고는 어떻게 발전할 것 같아요?"

"아마도 계속 판매될 것 같습니다."

"이유는요?"

"음식을 보관할 수 있기 때문입니다."

"맞아요. 그런데 이유가 그것만 있을까요?"

"네? 무슨 말씀이신지?"

"차갑게 만들 수 있으니 차가운 음식이 생길 거예요. 그럼 그 쓰임새는 더 많아지겠지요?"

"그렇습니다. 그런데 그 말씀을 하시는 이유를 모르겠습니다."

"지금이야 기밀이지만 꾸준히 판매되는 상품을 지금보다 더 발전된 형태로 누군가 또 개발하지 않겠어요?"

"……아마 그럴 수도 있지만 중요한 기술이 있는 제품인지라."

"무슨 말인지 알겠어요. 그런데 냉장고도 역시 우리의 기밀이 담긴 제품이에요. 이 제품을 일반인에게 판매했는데, 이미 누군가는 해체해서 연구하고 있지 않을까요?"

"아! 맞습니다, 아마도 그럴 것입니다."

"제가 하고자 하는 말은, 이미 공공을 위한 기술은 공유를 통한 발전이 정답이 아닐까 싶어요. 냉장고는 어떻게든 우리가 아니더라도 다른 누군가 더 연구할 테고 개발될 거예요.

누군가 개발하면 우리는 그 사람을 고용해 함께 만드는 것이 좋겠다고 생각해요."

대찬의 말에 간부들은 깊은 생각에 잠긴 것 같았다.

"당장 냉동차의 문제점이 뭔가요? 온도 조절이 안 되어 꽁꽁 얼어 있는 상품만 운송이 가능하지요. 그래서 아직까지 야채나 과일은 운송을 못 하고 있어요. 그런데 누군가 온도를 조절할 수 있는 방법을 연구해서 성공했다. 그럼 그 기술은 누가 필요할까요? 바로 우리예요. 그리고 우리는 그러한 인재를 영입해서 회사를 더욱더 탄탄하게 만들 수 있어요. 그리고 차세대 간부를 얻을 수 있겠지요."

"무슨 말씀이신지 알겠습니다. 그럼 모건 유통에 판매하도록 하겠습니다."

"그리고 일반인 중에서는 냉동차를 구입하겠다는 사람이 없던가요?"

간부는 놀란 표정을 지었다.

"어떻게 아셨습니까?"

"그 사람들에게도 판매하도록 하세요."

이후에도 여러 회사의 발전 방향을 결정하고 보고받았다. 그런데 그중에서 표정이 아주 좋지 않은 사람이 있었다.

"주류 회사 보고하겠습니다."

가장 궁금하고 신경 쓰이는 부분이 주류 부문이었다. 금주법이 시작되면서 불법이지만, 가장 고수익이 될 것이라 예상되었다.

"말씀하세요."

주류 회사 간부는 크게 숨을 들이쉬고 입을 열었다.

"다른 회사는 계속해서 발전하는 것 같아 부럽습니다. 반
면에 현재 주류 회사는 망했다고 봐도 무방할 정도입니다."

대찬은 고개를 끄덕였다.

미리 서면 보고를 받아 상태가 좋지 않다는 것을 알고 있
었다.

"첫째로 의료용 주류 제조 쿼터가 생겼는데, 이로 인해 재
료는 많으나 술을 만들 수 없습니다. 둘째로 많은 양을 판매
하지 못하기 때문에 매출은 급격히 저하되었으며 마지막으
로 기존 술 창고를 압수하려던 것을 로비를 통해 무마시켜
놓기는 했습니다만, 호시탐탐 노리는 사람이 많습니다. 그래
서 제가 드리고 싶은 말씀은 차라리 주류 회사를 폐업하시는
것이 어떠신지 의향을 묻고 싶습니다."

"합법적으로는 도저히 운영이 불가능한가요?"

"운영은 할 수 있습니다. 다만 수익이 나지 않습니다."

의료용 술이라고 마음껏 만들 수 있는 것이 아니었다. 정
부에서는 의료용 주류 허가를 받은 업체들 역시 할당된 양
이상으로는 주류를 만들 수 없게 했다. 이로 인해 회사 운
영은 가능하지만, 텅 비어 버린 시장을 차지할 정도는 아니
었다.

'예상했던 그대로네.'

주류를 통해서는 합법적으로 수익을 올리기 힘들 것이라는 예상이 철저하게 들어맞았다.

"다음 지시를 할 때까지는 지금 그대로 현상 유지하세요."

"알겠습니다."

계속해서 나머지 회사들의 보고를 받기 시작했는데, 전체적으로는 매출이 많이 줄어든 상태였다. 그러나 호황이 계속될 것임을 알기에 높이 올라가기 위한 숨 고르기라고 생각했다.

반대로 계속해서 적자인 회사들도 적지 않았는데, 그중에서도 가장 적자를 많이 보는 것은 항공 회사였다. 김광명의 항공 회사는 새로운 전투기와 여객기를 만들기 위해 한창 연구 중이었는데 상당한 적자를 기록하고 있었다. 엄밀히 따지자면 가장 큰 적자를 보는 곳은 테슬라 연구소였지만, 규격 외의 대상이기에 정기 보고 회의에는 참여하지 않았다.

"……이상 보고를 마치겠습니다."

길게 이어졌던 회의가 끝나고 대찬은 사무실로 돌아가기 전 덕원에게 말했다.

"명건 씨에게 만나고 싶다고 전해 주세요."

"바로 연락하겠습니다."

사무실로 돌아가 기다리기를 얼마 지나지 않아 명건이 도착했다.

"찾으셨다고 들었습니다."

"어서 와요. 잘 지냈어요?"

"걱정해 주시는 덕분에 잘 지냈습니다. 그런데 무슨 일로 찾으셨습니까?"

"술 때문이에요."

"술이라…… 요즘 말이 많기는 하지요."

"동포들은 어떤가요?"

"술을 말씀하시는 겁니까?"

"맞아요. 우리 민족처럼 술을 좋아하는 민족도 없을 것 같거든요."

"하하, 맞습니다. 그런데 전혀 걱정하지 않으셔도 될 것 같습니다."

"걱정하지 않아도 된다고요? 그럼 원할 때 술을 마신다는 것 같네요?"

"우리에게는 이화주가 있지 않습니까?"

"아, 가루술!"

가루술은 여름에 먹는 술로 부녀자들과 어른들이 들에 나가 일을 하면서 음료수 대신으로 점심과 함께 휴대하여 마시던 술이다. 희석 비율에 따라 술도 되기도 하고 음료수가 되기도 했다. 집집이 만들어 술 다양한 술맛을 비교하면서 마셨던 가양주다.

가루술의 밑술은 찹쌀이나 멥쌀을 물에 충분히 불려 곱게 갈아 쌀가루로 만든 다음 손바닥만 한 수제비를 만들어 끓는 물에 넣어 익혀 식히고, 덧술은 누룩가루(이화곡)를 찹쌀 한 되에 한 공기 비율로 섞어서 충분히 쳐 낸다. 마지막으로 단지에 넣기 전 엿기름가루를 넣으면 야들야들해지는데, 그냥 먹기도 하고 물에 타 마시기도 했다. 그리고 이것을 말려 가루를 만든 다음 필요할 때 물에 섞어 마시면 술이 되니 단속에 걸리지 않았다.

일반적인 술처럼 병에 액체 상태로 담겨 있는 것이 아니었으니 단속의 대상이 되지 않는 것이었다.

"그러니 별걱정 없이 지내고 있습니다."

"그럼 밀주는?"

"주로 다른 민족에서 원하고 있습니다. 최근에는 이주민 수가 늘어 위스키나 맥주를 찾는 사람이 상당히 늘었습니다."

"창고에 술이 많이 있습니다."

"소문이 많이 났더군요. 의료용 딱지가 붙은 합법적인 위스키가 상당히 많이 있다고요."

대찬은 고개를 끄덕였다.

"품질도 좋지요. 몇 년 묵은 술들이니까요."

"제가 어떻게 해 드리면 좋겠습니까?"

"명건 씨가 요즘 하는 일은 어때요?"

"요즘은…… 술이 돈이 될 것 같습니다."

"위험하다는 것은 알고 있지요?"

"하하, 그런 것을 걱정해 본 적이 언젠지 기억이 나지 않습니다."

탁.

대찬은 열쇠 꾸러미를 탁자에 꺼냈다.

"가져가세요."

"감사합니다. 임의대로 처리하겠습니다."

"참, 명건 씨는 나서지 말고 대리인을 내세우세요. 앞으로는 이탈리아나 아일랜드계 사람들이 떠오를 것 같네요."

"그러도록 하겠습니다. 더 하실 말씀 있으십니까?"

"저는 금이 좋더군요."

"하하, 저 역시 마찬가지입니다."

웃으면서 명건은 사무실을 떠났다.

'어차피 자금 세탁하는 것은 포기했고 주류 판매로 얻어지는 수익은 전부 광복군에 돌리거나 비자금으로 쌓아 둬야겠어.'

적당히 벌어들인다면 어느 정도 세탁이 가능하겠지만, 지금 당장 있는 술을 전부 다 처분한다면 억 단위가 넘는 금액을 벌어들일 것으로 예상되었다.

'다음은 꾸준히 술을 만들 수 있어야 하는 건데…….'

지금부터는 비공식적으로 만드는 술은 모두가 밀주였다. 밀주를 만들어 유통시켜야만, 금주법이 시행되는 동안 많은 돈을 벌어들일 수 있었다.

'술은 유통시켜야 하는데, 불법이니까 숨어서 해야 되고 단속은 충분히 로비를 통한다면 피할 수 있지만 영 꺼림칙하단 말이야.'

초반 몇 년간은 문제가 없지만, 그 이후에는 엄청난 진흙탕 싸움이 되는 것을 익히 잘 알고 있었다.

대표적인 인물은 시카고 밤의 대통령 알 카포네와 뉴욕 마피아의 제왕 럭키 루치아노.

다행히 서부에는 이 시대에 대표적인 밤의 인물로 나오는 사람을 찾기 힘들다는 것이 위안이 되었다.

'이대로 가면 어차피 난잡해지니까 누군가 대표할 만한 인물이 필요해.'

대찬의 머릿속에는 방금 헤어진 명건이 떠올랐다.

'내가 뒤에서 받쳐 준다면 충분히 이들을 견제하고 미국 전역에 영향력을 발휘할 수 있을 거야.'

이만한 결심을 할 수 있었던 것은 명건을 은밀하게 조사한 결과 샌프란시스코를 넘어 서부 전역에 한인 조직의 두목으로 이름이 높았기 때문이다. 대찬의 앞에서는 항상 웃으며 공손하게 행동했지만, 밖에서는 악명이 자자했다. 특히 일본인은 과장을 조금 보태 명건의 이름을 들으면 오줌을 지리고 냅다 줄행랑을 놓을 정도였다. 외에는 자신만의 원칙을 가지고 그대로 행하는 원칙 주의자이기도 했는데, 이제까지 해 온 일들을 보면 나름대로 굉장히 합리적인 사고방식을 가지고 있는 사람이었다.

'단 하나 마음에 걸리는 것은 이래도 되나 싶은 거지.'

이 시대를 전체적으로 놓고 본다면 부정부패도 나름대로 있는 편이었고 사람들의 생각이 회귀 전에 가지고 있는 가치관과는 많이 다른 편이었다. 그럼에도 불구하고 마음이 걸리는 이유는 정경 유착과 불법적인 일을 하는 조직이 정치를 하는 등 대찬 개인적으로는 지극히 마음에 들지 않았기 때문이다.

'하기는 해야 되는데, 하자니 내 손 더럽히는 것 같아 싫고 그렇다고 안 하자니 깨끗한 척하는 것 같단 말이지.'

금으로 산을 쌓을 거라는 본인의 맹세.

'그래! 눈 딱 감고 이번만 하자.'

술장사는 이 시대에 오면서부터 하기로 했던 것이니 계획대로 하기로 마음먹었다.

'만약 마약이라면 절대 하지 않았겠지만 술이잖아, 애초에 미국 정부가 잘못한 거야.'

애써 자기 합리화하며 마음을 정했다.

창고 키를 넘겨받은 명건은 심복 몇을 데리고 당장 술 창고를 찾아갔다.

짜랑.

고리에 엮긴 열쇠들이 맑은 소리를 냈다.

"열어."

끼이익.

그리고 들어간 창고.

"우와!"

심복들의 감탄성이 터져 나왔다.

가지런히 정리된 술의 향연.

"사장님, 하나 따서 마셔 봐도 되겠습니까?"

"좋아."

신이 난 사내는 가까이 있는 위스키를 들고 뚜껑을 열었다.

"캬, 냄새 죽이고."

곧 병째로 술을 들이켰다.

"와! 최근 들어 마셔 본 위스키 중에 최곱니다."

엄지를 들며 품질에 대해서 칭찬을 아끼지 않았다.

처음 들렀던 창고를 필두로 일일이 창고를 다 확인한 명건
은 질린다는 표정을 지었다.

'마치 이럴 줄 알았던 것처럼 술이 많은데?'

엄청난 양의 술을 보고 드는 생각이었다.

'뭐, 상관없나?'

명건은 이 술을 팔아서 수익을 내고 대찬과 나누면 끝이었
다.

"몇 상자 챙기고 약속한 장소로 가자."

술을 챙겨서 이동한 곳은 샌프란시스코 외곽에 있는 리틀
시칠리아였다. 이탈리아인들의 집단촌이었는데, 리틀 시칠

리아에 자리 잡은 사람들은 이주한 지 오래되었고 한인들과 비슷한 성격으로 왕래가 잦은 편이었다.

"하하, 미스터 손 어서 와."

명건은 부하에게 눈짓했다.

쿵.

무거운 상자가 탁자에 놓이며 소리를 냈다.

"스무 병, 의료용, 품질 극상."

"가끔 보면 한인들이 우리보다 성격이 더 급한 것 같단 말이야, 으하하."

"확인해 봐."

시큰둥한 명건의 반응에 농담을 멈추고 상자 안에 있는 술병을 꺼내 열었다.

"오, 향 좋네!"

말이 끝나기 무섭게 입맛이 돌았는지 스트레이트 잔에 따르고 빠르게 들이켰다.

"크으, 맛도 좋아, 얼마야?"

"병당 10달러 한 박스에 2백 달러."

"뭐라고? 너무 비싸! 이게 프리미엄 술도 아니고 말이야!"

"말했잖아 의료용이라고. 싫다면 다른 곳에 넘기지."

"제길, 알았어! 그럼 수량은 얼마나 되는데?"

"원하는 만큼."

"원하는 만큼?"

명건이 고개를 끄덕였다.

"뭔가 냄새가 나는데? 솔직히 말해 봐, 그곳이지?"

그곳이라 칭하는 곳은 대찬의 술 공장임을 서로가 알고 있었다.

"구매 의사가 없는 것으로 알겠어."

명건이 자리를 뜨려고 하자 급하게 말렸다.

"아니야! 아니라고 알겠어! 근데 한 박스에 2백 달러는 너무 비싸!"

명건의 눈이 날카로워졌다.

"살 테시오!"

이름을 부르자 살은 양손을 번쩍 들었다.

"아니야, 그 가격으로 줘."

"수량은?"

"일단 백 상자만 부탁해."

"대금은?"

"신용, 안 될까?"

살갑게 웃으며 신용을 운운했다.

"절대 불가."

"제길! 나는 그만한 돈이 없어!"

"웃기지 말고 물건 보낼 테니 돈 보내."

말을 마치고 자리에서 일어났다.

"그런데 술 이름은 뭐야?"

"……고구려."

다음 날부터 서부 지역에서는 고구려라는 이름의 위스키가 돌기 시작했다. 처음에는 생소해서 찾지 않았지만 얼마 지나지 않아 대표적인 브랜드 위스키로 자리 잡았는데, 마침 사람들이 가지고 있던 술이 떨어졌고 시중에 돌고 있는 밀주는 품질이 상당히 나빠 여유가 된다면 고구려를 찾는 것이 당연하게 되었다.

그 후 고구려의 소문이 퍼져 서부를 벗어나 적은 양이지만 동부로 유통되었다.

"고구려? 무슨 이름이 이따위야?"

남자는 이름이 마음에 들지 않는다고 투덜댔지만, 술을 좋아하는 그는 흥미가 돌아 한 잔 마셨다.

곧 표정은 놀라운 듯이 변했고 술을 가지고 온 사내에게 물었다.

"이게 어디서 난다고?"

"서부 샌프란시스코."

"좋아, 가자!"

"알겠어, 알."

본격적으로 술이 유통되기 시작하자 명건은 대찬과의 연결 고리를 끊기 위해서 창고에 있던 술을 전부 옮긴 후에 창

아메리칸
드림

고에 불을 질렀다. 그로 인해 대찬은 졸지에 엄청난 양의 재산 손실을 입은 것으로 알려졌다.

이 일은 전국에 큰 이슈가 되었는데, 가뜩이나 금주법으로 술에 대한 관심이 많은 상황에서 적절한 흥밋거리가 되었기 때문이었다.

그리고 대찬에게는 쪽지 한 장만 전해 왔다.

-$20,000,000

별다른 설명도 없이 그저 금액만 적혀 있었다.

'한 달 판매 금액이 이 정도라니…….'

모든 수익을 대찬이 가져가는 것이 아니니 대찬이 나서서 한다면 현재의 몇 배는 벌어들일 수 있음이 확실했다.

'이걸로 만족하자 더 욕심내면 탈 난다.'

스스로 다독이며 욕심이 생기는 것을 털어 냈다.

'당분간 재고 술을 판다고 하더라도 앞으로 더 팔리면 생산 시설이 있어야 하는데.'

술을 팔면 큰돈이 된다는 것은 확실했다.

다만 깨끗한 돈이 아니니 세탁이 필요하겠지만, 어차피 금으로 만들어서 비자금을 축적하려 마음먹었으니 그저 안전한 곳에 금괴로 보관하면 되었다.

'밀주를 어디서 만들지?'

처음에는 기존 공장에서 만들 생각을 했지만, 워낙 대찬에게 집중되는 눈이 많으니 사회적 평가를 깎아 먹을 수 있는 불법적인 일에 모험하고 싶지는 않았다.

'금주법 시대의 술의 유통 경로를 본다면 외국에서 배를 통해 밀수하는 경우가 많았는데, 대부분 아일랜드하고 캐나다…….'

순간 대찬의 눈이 번뜩였다.

"아!"

이제까지 간과하고 있던 부분이 생각이 났다.

"퀸샬럿제도!"

백 년이라는 시간 동안 조차받은 영토를 그동안 잊었던 것이었다.

"하하."

스스로 너무 어렵게 생각하고 있던 것이 너무 우스웠다.

'퀸샬럿제도는 미국이든 캐나다이든 치외법권 지역이야!'

퀸샬럿제도를 좌지우지할 수 있는 유일한 사람이 대찬이었다. 외부인 출입도 자유롭지 못하며 그곳에서 무엇을 하든지 대찬이 결정하기 나름이었다.

명쾌한 답이 나오자 은밀하게 명건과 만남을 가졌다.

"무슨 일이 생겼습니까?"

급하게 만나자는 소리에 문제가 생긴 줄 알고 물었다.

"아니에요. 오히려 좋은 일이에요."

아메리칸
드림

"좋은 일요?"

"네, 지금 가지고 있는 술의 재고가 얼마나 갈 것 같아요?"

"지금 추세라면 아마 올해를 넘기기는 힘들 것 같습니다."

"맞아요. 그런데 그걸 해결할 수 있을 것 같아요."

"어떻게?"

명건의 물음에 간단명료하게 답했다.

"퀸샬럿제도."

"아, 그 방법이 있었군요!"

"그런데 제가 할 수는 없어요."

"물론입니다. 그래서 기존 연결 고리를 끊으려고 애꿎은 창고도 불태우지 않았습니까. 당연히 제가 해야지요."

"좋아요. 그럼 내가 무엇을 해 주면 될까요?"

"하하, 선생님께서는 나서지 않으셔도 됩니다. 그저 적당한 부지, 기술자, 원료 수급만 부탁드립니다."

"이제는 거래처 사장님이 되는 거네요, 하하."

"거래처 사장님이라니요. 합법적인 일도 아닙니다."

"아니에요. 설마 언제까지 금주법이 계속될 거라 생각하는 것은 아니겠지요? 언젠가 금주법이 끝이 나면 독자적인 주류 브랜드를 운영해도 될 거예요. 미래를 생각해서 잘 운영해 보세요."

"생각해 보겠습니다. 그런데 배분은 어떻게 할까요?"

"저한테는 삼 할이면 충분한 것 같네요."

"너무 적은 것 아닙니까? 오 할은 가져가셔야 제가 마음이 편할 것 같습니다."

"삼 할이 딱 적당해요. 대신 유통이나 판매는 제가 하지 못하니까요."

"그래도 모든 것에 계획을 세우신 것은 선생님이신데요."

"대신 명건 씨가 제 방패가 되어 주잖아요. 삼 할이면 충분해요. 배분은 더 이상 말하지 않기로 해요."

"알겠습니다."

"그리고 내가 생각해 놓은 것이 있는데요. 술을 만드는 것은 상관없어요. 조차받은 영토라 치외법권이기 때문이에요. 하지만 외부로 유출하는 즉시 밀주가 되고 불법이 돼요. 그런데 이러한 리스크를 줄일 필요가 있어요."

"생각해 두신 것이 있습니까?"

대찬은 씨익 웃었다.

"유통 업자들을 끌어들여요. 판매는 하지만 유통은 알아서 하도록 만드는 거예요. 아마 명건 씨가 관리하는 것보다 훨씬 유용한 방법일 거예요."

금주법 시대에서 가장 중요한 것은 술을 구하는 것이었고 다음으로는 술을 자신이 판매할 지역으로 유통시키는 것이었다. 그런데 유통까지 관리한다면 여기저기 신경 써야 될 부분도 많았고 곳곳에서 잡음이 끊이지 않을 것이다.

대신 조차받은 영토에서 깔끔하게 술만 판매한다면 불법적인 일은 아니었으니 모든 책임은 유통하는 사람이 지게 된다.

"수익이 조금 떨어지더라도…… 아니군요. 박리다매한다면 수익이 떨어지지도 않을 것 같습니다. 술도 품질을 차등해서 판매하면 되겠습니다."

"네, 그럼 되겠네요."

"마침 외부에서 방문자들이 많았는데, 시기가 절묘한 것 같습니다."

"외부에서 방문자요?"

"네, 벌써 소문이 났는지 동부에서 여러 사람이 왔습니다."

명건의 말에 대찬은 호기심이 생겼다.

"혹시 누가 왔나요?"

"시카고에 알폰소 카포네라는 사람이 제일 먼저 왔고 다음으로는……."

여러 사람이 나열되기 시작했는데, 대찬의 사고는 카포네에서 멈춰 있었다.

'헐, 아직까지 그렇게 대단한 사람이 아닌 걸로 알고 있는데.'

항상 어떤 일을 하든지 적당한 위치가 되려면 어느 정도의 시간이 필요했다. 그리고 아직 알 카포네는 그만한 위치가 되지 않았고 현재 그는 조니 토리오의 '파이브 포인트'라는 갱단에 속해 있었다.

'무슨 생각인 걸까?'

무언가 변하고 있다는 것은 확실했다.

'한번 만나 보고 싶은데 무리겠지?'

영화에서 묘사되었고 큰 사건을 일으킨 사람이라는 것만 알고 있었기에 실제로 어떤 사람인지 궁금했다.

"그럼 이만 가 보겠습니다."

"아, 네, 내가 너무 다른 생각을 했네요."

"아닙니다. 그럼 다음에 뵙겠습니다."

명건은 대찬과의 밀담을 나누고 바로 리틀 시칠리아로 향했다.

익숙한 바.

천천히 들어가는 명건에게 시선이 집중되었지만 이내 곧 다시 즐거운 분위기를 만들었다.

"미스터 손, 어서 와."

"살."

간단한 눈인사를 건네고 안쪽으로 들어가자 조용한 사무실이 있었다.

"자, 그럼 이야기를 해 볼까?"

"이야기를 할 게 있나? 그저 돈만 주면 될 건데."

"너무 딱딱하게 그러지 말라고 할 이야기가 있어서 만나자고 한 거니까."

"뭔데?"

"그 전에 여기에 한 사람 초대하고 싶은데 괜찮겠어?"

"편할 대로."

살은 사무실을 나가 사람을 하나 데리고 왔다.

"기억하겠지? 알 카포네."

"다시 정식으로 인사하지요. 알 카폰입니다."

"미국인인가?"

"아, 실례했습니다. 습관이라서 알 카포네입니다."

명건의 시선은 살에게로 향했다.

"인사나 시키려고?"

"아니지, 이 친구가 동부에 고구려를 유통시키고 싶대."

"불가."

알의 눈이 동그랗게 떠졌다.

"왜죠?"

"물량 부족."

살은 어깨를 으쓱였다.

"그렇다는군."

알의 얼굴이 빨개졌다.

"나는 그런 대답을 들으려고 시카고에서 샌프란시스코까지 온 것이 아닙니다!"

"그럼 친분도 없는 너에게 술 달라고 하면 '감사합니다, 고객님.' 하고 줄 것 같았나?"

"아니, 그것은 아니지만."

살은 중간에 끼어들었다.

"워워, 알! 지금 네가 누구를 상대하고 있는지 잊지 말라고."

한인 조직의 대부가 명건이었다. 살은 편하게 명건을 대하고 있었지만, 서부 전체가 한인들의 영역이었으니 상대하기에는 부담스럽고 그런 생각을 할 수 없는 대상이었다. 그렇기에 알에게 경고했다.

"아무튼 이대로 돌아갈 수는 없습니다."

"알았어, 알, 잠시 자리 좀 비켜 주게."

뚱한 표정이었지만 아무런 힘이 없는 이방인이었기에 자리를 비워 주는 수밖에 없었다.

"당돌하군."

"전형적인 이탈리안이지. 그건 그렇고 물량이 부족해?"

"사실이야."

"제길, 그럼 이제 어떡하려고?"

물량이 동날 것이라는 이야기에 짜증을 부렸다.

"진정해. 대안이 있어서 온 것이니까."

"대안? 뭔데?"

"술은 공급해 줄 거야."

"좋아."

아메리칸
드림

"단 조건이 있어."

"조건?"

"술만 팔 거야 지금처럼 배달해 주고 그런 것은 없어."

"무슨 말이야?"

"술이 필요하면 내가 있는 곳에 와서 돈을 주고 가져가면 돼."

"답답하게 하지 말고 속 시원하게 이야기 좀 해 봐!"

"말 그대로야 앞으로 유통은 없어."

"그럼 술 창고에 가서 내가 돈 주고 사서 알아서 중간 유통까지 하라고?"

"정답."

"그럼 지금처럼 가격은 지불 못 해."

"물론 가격은 지금보다 싸질 거야."

"좋아, 어디로 가면 되는데?"

"캐나다 퀸샬럿제도."

"응?"

명건은 자리에서 일어났다.

"앞으로 필요하면 거기로 오라고."

"이봐!"

"그리고 시카고의 알이었나? 그자도 술이 필요하면 돈 들고 찾아오라고 전해 줘."

명건은 붙잡는 소리를 외면하고 바를 떠났다.

대찬은 술과 관련된 모든 것을 퀸샬럿제도로 옮기고 명건의 지시를 받으라고 명령을 내린 후에 다시 뉴욕으로 향했다.

이번 동부행에는 동반한 사람이 여럿이 있었는데, 그중 1명이 포리스트였다.

그가 동반한 이유는 뉴욕의 여러 사람이 음성 드라마를 청취하고 싶다면서 대찬에게 간절하게 부탁했던 것이다. 이미 복사되어 판매하고 있는 시리즈가 여럿 있었지만 그럼에도 불구하고 만족하지 않았다.

"자존심이라는 게 뭔지."

가장 화려하고 번화한 동부이기 때문에 전체적으로 낙후된 서부에 비해서 선진적인 문물은 동부에도 있어야 한다고 주장한 것이었다. 물론 동부에서 벤치마킹을 해서 비슷한 방송국이 생겼고 음성 드라마가 만들어졌지만 그다지 흥행하지는 못했다.

여기에는 비밀이 있었는데, 똑같은 음성 드라마라고 하지만 이미 축적되고 노하우가 생겨 여러 가지 효과음과 기법에 차이가 나서 사람들이 만족하지 못한 것이었다.

대찬은 새로 마련한 부지를 포리스트와 함께 둘러보았고 넓은 부지를 만족스럽게 쳐다보았다.

"샌프란시스코 부지보다 넓은 것 같습니다?"

"아, 땅값이 앞으로 많이 오를 것 같아서 산 김에 많이 샀습니다."

"그럼 자리를 얼마나 써야 될까요?"

"다 쓰세요."

몇십 년을 보고 투자하는 것이었기에 그다지 큰 부담이 없
었다.

"아, 그럼 새롭게 실험해 보고 싶은 것이 있었는데, 같이
건물을 지어 실험해도 되겠습니까?"

"그러세요. 그런데 무슨 실험을 하시려고?"

"전에 말씀하신 것 있지 않습니까? 화면도 송출할 수 있지
않겠느냐고요."

"네, 그랬지요, 설마?"

"아직 완벽한 것은 아니지만, 어느 정도 실마리를 잡았습
니다. 실험 결과 아주 미세하게 형태가 잡히는 것을 확인했
고요."

"하하, 축하합니다."

"아직 부족합니다."

"아니에요. 벌써 그 정도까지 연구됐는지 몰랐네요."

"벌써요?"

'아차!'

TV를 알고 있는 대찬은 순간 말실수를 저질렀다.

"하하, 오래 걸릴 줄 알았는데, 벌써 그 정도로 연구가 진
행됐다는 것이 신기해서 그렇습니다."

"그런 의미였습니까? 하하."

"그럼 타키는 얼마나 개발됐나요?"

"마무리 단계입니다. 곧 새로운 영화를 볼 수 있을 겁니다."

"아주 좋아요."

"감사합니다."

"필요한 것이 있으면 말씀하시고 여기 부지는 편할 대로 설계해서 쓰도록 하세요."

포리스트와 헤어지고 사무실로 돌아가는 길, 대찬은 흥분을 감추지 못했다.

'T, TV라니!'

새로운 사업을 어떻게 차지할지 차곡차곡 계획이 세워져 갔다.

아메리칸
드림

실업 리그

"어휴, 죽겠다."

장거리 이동으로 대찬은 녹초가 되었다.

"어서 비행기가 개발되었으면 좋겠다."

긴 시간 동안 육지 교통으로 이동이 잦자 육신이 비명을
지르는 것만 같았다. 하늘을 통해 이동하는 것 역시 동일하
게 피곤하기는 할 테지만, 지금은 이동 시간이 단축되는 것
만을 간절히 바라고 있었다.

"별일 아니기만 해 봐!"

테슬라의 급한 방문 요청으로 동부에서 일정을 모두 취소
하고 급하게 다시 서부로 오게 되었다.

"숙소로 가시겠습니까?"

"아니요. 연구소로 바로 가지요."

급하게 방문을 요청했으니 필히 그 이유가 있을 것이다.

한참을 차를 달려 테슬라 연구소에 도착하니 여전히 변함없는 건물과 높게 솟아 있는 탑이 보였다.

똑똑.

잠시 후, 단정한 외관을 한 테슬라가 나왔다.

"오, 보스! 빨리 오셨습니다."

"급히 찾았다면서요."

"될 수 있으면 말이지요."

순간 대찬의 이마에 힘줄이 돋았다.

"무, 슨, 일, 이, 에, 요?"

딱딱 끊어서 심기가 불편함을 알렸지만, 테슬라는 전혀 괘념치 않은 듯 자연스럽게 말했다.

"따라오세요."

자신 있게 따라오라는 말에 처음으로 연구소 안을 구경할 수 있겠다는 생각을 했지만, 테슬라가 안내하는 방향은 건물을 돌아 따로 마련된 작은 건물이었다.

"여기 발판에 신발을 터시고 옆에 수도로 신발창과 손을 씻으세요."

"어휴."

절로 한숨이 나왔지만, 테슬라의 결벽증을 알고 있으니 거부하지 못하고 원하는 대로 신발창과 손을 씻었다.

"타월 저기 있습니다."

물기를 닦으라는 말이었다.

'무슨 신전 들어가는 것도 아니고 귀찮아 죽겠네.'

겉으로 표현할 수 없으니 속으로만 툴툴대었다.

"들어가셔서 절대 아무것도 만지면 안 됩니다."

"알겠어요."

그러고는 몇 번의 주의 사항을 더 듣고 나서야 간신히 입장할 수 있었다.

"응?"

익숙한 기계음이 들려왔다.

'뭐지? 오랫동안 잊고 있었지만, 왠지 모르게 아련하게 그리운 소리야.'

기억보다는 훨씬 큰 소리였지만, 굉장히 친근하게 다가오는 소리였다.

"이것 때문에 방문해 달라고 한 것이었습니다."

"이게 뭔가요?"

"계산기입니다."

"계산기?"

"네, 시연해 보겠습니다."

테슬라는 육중한 기계를 몇 번 조작했고 숫자를 대입하자 답이 나오는 것을 확인할 수 있었다.

'잠깐만 계산기, 계산기? 컴퓨터!'

대찬은 컴퓨터 분야에서는 문외한이나 다름없었기에 자세히는 알지 못하지만, 확실하게 기억하는 것이 있었다.

그것은 바로 계산기가 발전하여 미래의 개인용 컴퓨터까지 나온다는 것이었다.

'대박!'

감탄하고 있다 보니 대찬은 궁금한 점이 생겼다.

"이걸 만들 생각을 어떻게 한 거예요?"

"통신이 불편해서 만들었습니다."

"네? 이해가 안 되네요."

"기존에 만들어 두었던 무선통신망이 있지 않습니까?"

"요긴하게 사용되고 있지요."

"맞습니다. 그런데 원하는 대상을 선택해서 연결하지 못하니 불편한 점이 한둘이 아니더군요. 그러던 중에 조작을 통해 바로 연결할 수 있는 있으려면 유선통신처럼 사람을 통해야 하는데, 이 교환 기능을 기계로 하면 어떨까 해서 만들었습니다."

"아!"

무엇을 만들려고 하는지 알 수 있었다.

회귀 전 처음 장교 임관을 하고 주요 시설에 대해서 이해를 더하기 위해 견학했던 기억이 떠올랐다. 통신을 맡고 있는 부대에서 특별히 관리하는 벙커가 있었는데, 그곳에서 교환기라는 기계를 본 적이 있었다.

불빛을 반짝이며 쉴 새 없이 달칵거리는 기계.

자세히 기억이 나지는 않았지만 흥미로웠기에 기억하고 있었다.

"그래서 성공했어요?"

테슬라는 고개를 저었다.

"쓸데없는 계산만 하고 있는 기계입니다."

"쓸데없다니요?"

"무엇이 문제인지 아직 파악을 못 했습니다. 그러니 교환 쪽으로는 쓸모없고 계산기로 쓰자니 저보다 연산 능력이 떨어집니다. 그러니 그냥 고철입니다."

"연산 능력이 떨어져요?"

"네, 제 암산이 더 빠릅니다."

'아무래도 저 계산기가 가지는 의미를 모르나 보네.'

필요에 의해 개발은 했지만, 진전은 없고 자신보다 계산이 느리니 그저 고물 계산기 취급했다.

"그런데 테슬라의 목표는 자동으로 교환해 주는 기계라고 했지요?"

"맞습니다."

"그럼 유선통신 교환에도 시도해 보고 또 무선통신이라는 게 라디오와 비슷한 점이 있지 않을까요? 라디오는 주파수를 맞춰야지만 방송을 들을 수 있잖아요. 다방면으로 생각해 보는 것도 좋을 것 같아요."

"흠."

자리에 앉더니 턱을 괴고 생각에 빠졌다.

'이럴 때는 어떻게 해야 돼?'

하고 싶은 말은 더 남았는데, 깊게 생각하는 것을 방해할 수도 없는 노릇이었다.

테슬라가 생각을 정리하는 동안 대찬은 멀뚱멀뚱하니 있을 수밖에 없었는데 조금 시간이 지나자 피곤이 몰려와 잠이 솔솔 오기 시작했다.

'으! 안 되겠다.'

더 이상 버티는 것을 포기하고 주머니에 넣어 놓은 메모지와 펜을 꺼내 대찬의 의견을 몇 가지 더 적어 놓고는 테슬라 연구소를 나섰다.

집으로 돌아가는 길..

뒷좌석에 앉은 대찬은 몰려오는 수마를 피할 수가 없었다.

'테슬라도 대학교 교수를 시켜야 되겠…….'

생각은 계속되지 못하고 달콤한 잠에 빠졌다.

19사단 전체를 움직여 광복군을 토벌하자는 조선총독부의 계획은 실패했고 오히려 큰 피해만 입게 되있다.

일본은 일련의 몇 가지 사건을 통해 독립군이 대거 도강해 한반도 내에서 큰 전투가 벌어지면, 식민 통치가 불가능하다는 판단이 들었고 다시 한 번 토벌 계획을 세웠다. 전과 다른 점은 철저하게 준비해서 광복군이 공격할 엄두도 내지 못하게 만든다는 것이었다.

이에 '해외로부터 무력 진입을 기도하는 불령선인단을 섬멸시킬 타격을 가한다.'라는 훈령과 함께 새로운 작전 계획이 내려왔다.

먼저 군이 자유롭게 만주를 활동할 수 있어야만 했다. 연해주 국경선은 인원을 대폭 증강해 광복군이 쉽사리 퇴각할 수 없게 했는데, 문제는 만주를 통해서 탈주하는 광복군에게는 손을 쓸 수 없었다.

이에 일본군은 비밀리에 중국 마적 두목 장강호長江好를 만나 돈과 무기를 주면서 두만강 건너편 훈춘 일본 영사관을 공격해 달라고 요청했고 1920년 10월 2일 새벽 4시쯤 4백여 명의 마적 떼가 훈춘을 습격해 40여 명을 살해하고 일본 영사관 분관과 그 소속 관사를 방화하고 일본인 1인과 수십 명의 한인과 중국인을 납치해 퇴거했다. 그리고 영사관 습격 사건에 대해서 여론을 조작하여 광복군의 소행으로 소문을 냈다.

사건이 일어나자 일본은 준비해 두었던 대군을 만주로 대거 진군시켰는데, 11사단, 19사단, 20사단 그리고 북만주 파견대와 관동군 각 1천여 명 등 모두 2만여 명에 달하는 군단급 병력이었다.

그러나 일본군은 훈령대로 광복군을 섬멸 타격할 목적이
아니었다. 이미 첩보를 통해 광복군의 숫자가 5만을 넘는다
는 사실을 익히 잘 알고 있었기에 그저 훈춘 사건을 핑계 삼
아 만주를 통한 광복군의 유입과 공격을 막으려는 게 주된
이유였고, 한반도에서 탈주하여 광복군에 합류하는 사람들
을 막기 위한 부수적인 이유도 있었다.

일본군은 이런저런 핑계를 대며 만주에서 떠나기를 거부
하며 만주에서 맞닿아 있는 연해주 국경선에 참호를 파고 철
저하게 통제하기 시작했다.

상황이 이렇게 되자 원래 역사에 있었던 청산리 전투는 일
어나지 않았고 만주, 연해주 국경선 봉쇄 작전이 발생했다.

이렇게 움직이는 일본군을 보며 광복군 내에서도 갑론을
박이 벌어졌다.

"모든 국경선이 봉쇄당했습니다."

"빠르게 한반도로 들어갈 수 있는 방법이 없습니다."

광복군 활동에 막대한 지장이 생긴 것이었다.

또 다른 한편으로는.

"동포들이 연해주로 올 수가 없습니다."

광복에 뜻을 두었거나 살기가 팍팍해 살길을 찾아 연해주
로 탈주하던 사람들이 한층 삼엄해진 국경 경비로 발이 묶인
것이었다.

여기에 기름을 붓는 첩보가 들어왔다.

"한반도에 증강 병력이 온다고 합니다."

기존의 모든 병력을 국경 봉쇄에 투입하면서 한반도를 지키는 병력이 부족해지자 병력을 또 보낸 것이다.

"현 상황의 타개책을 찾아야만 합니다!"

계속해서 이런 상태가 유지된다면 절대 광복군에게는 득이 되지 않을 것이었다. 광복의 희망과 불씨를 계속해서 유지할 수 있게 만든 것이 소규모 활동이었는데, 이것이 원활하지 않다면 동포들은 조선총독부가 원하는 방향으로 발전할 것이었다.

"제대로 일전을 펼치는 것은 어떻습니까?"

"찬성입니다!"

호기롭게 한판 붙어 보는 것이 어떻겠냐는 주전파 있는가 하면…….

"아직 때가 무르익지 않았습니다."

국제 정세를 제대로 읽고 아직은 때가 아니라며 일전은 피하고 다른 방법을 찾자는 비주전파가 있었다.

"도대체 언제까지 기다려야만 합니까!"

탕탕.

"진정하세요."

안창호는 달아오른 회의장을 진정시키기 위해 노력했다.

"정리해 봅시다. 가장 중요한 것이 무엇입니까?"

"광복 활동입니다."

"동포들의 이민입니다."

"좋습니다. 가장 큰 주제는 광복 활동과 동포들의 이민입니다. 맞습니까?"

좌중은 고개를 끄덕였다.

"일단 지도를 보세요. 여기서부터 여기까지는 기존 간도와 연해주의 국경입니다. 그런데 여기서 여기까지는 만주와 연해주의 국경입니다."

"맞습니다. 그렇게 봉쇄하고 있기 때문에 오가지를 못하고 있습니다."

"그렇습니다. 대신 많은 병력을 이렇게 봉쇄하고 있기 때문에 개인적으로는 북쪽과 서쪽에 집중해야 한다고 생각합니다."

"물론 나쁜 생각은 아닙니다. 하지만 현재 광복군의 주둔지로 사용하고 있는 곳은 블라디보스토크입니다. 북쪽까지 이동해서 국경을 넘기에는 시간이 너무 오래 걸리고 효율적이지 않습니다."

"물론 그렇게 생각하실 수도 있습니다. 그런데 만주 북쪽을 넘어서면 러시아입니다."

러시아에는 올가와 혼인한 이은이 있었다.

"아! 전하께서 계시는군요. 그렇다고 하더라도 아무런 대가 없이 러시아가 우리의 부탁을 들어줄 것 같지는 않습니다."

"그러니 방법을 찾아야 되지 않겠습니까? 현재 러시아에서 원하는 것은 연해주에 깔린 철도를 야쿠츠크까지 연결하는 것이 첫 번째입니다."

"철도라……."

"그렇습니다, 철도지요."

"아!"

"눈치채신 분이 있군요."

야쿠츠크까지 철도를 연결하면서 꼭 통과해야 하는 부분이 있었는데 그곳은 하바롭스크였다. 일본군의 봉쇄가 여기까지는 되지 않았으니 철도를 통한 이동으로 불편하지만, 충분히 국경선 통과가 가능했다.

"그리고 현재 남쪽으로 치우친 부분을 이번 기회에 해소해야 한다고 생각합니다."

바다를 통한 공격의 위험성을 이미 깨우쳤기 때문에 미래를 대비하는 측면에서 해결돼야 하는 부분이었다.

"다 좋습니다. 그렇게 하지요. 그런데 언제까지 그렇게 불편함을 감수해야만 하는 것입니까?"

주전파 중에 한 사람이 물었다.

"일본군은 만주에서 받는 압박도 있을 것이고 언제까지고 병력을 국경선 봉쇄에만 쓸 수는 없을 것입니다. 그때까지만 버티면 됩니다."

"질문의 요는 그것이 아닙니다. 도대체 국내 진공을 언제 하는 것입니까? 우리는 국내 진공을 하기 위해서 이미 충분한 역량을 길렀다고 생각합니다!"

"옳소!"

"이번 기회에 독립을 이루어 냅시다!"

회의장의 열기는 좀처럼 식을 줄 몰랐다.

다시 동부로 넘어갈 엄두가 나지 않은 대찬은 떠날 생각을
하지 못하고 있었다.

"가긴 가야 하는데."

미국이라는 나라는 너무 넓은 게 탈이었다.

"좀 쉬다가 가야지."

얼마 되지 않았기에 장거리 이동으로 육신에 피로가 쌓여
비명을 지르는 것을 다시 경험하고 싶지 않았다.

"사장님."

사무실에 들어온 덕원은 귀중하게 포장된 상자 하나를 들
고 있었다.

"그게 뭐예요?"

"손 사장님이 보내셨습니다."

"명건 씨가요?"

"네."

"이리 줘 보세요."

대찬은 상자를 넘겨받아 조심스럽게 풀어 보기 시작했다.

보자기 안에는 나무 상자가 있었고 뚜껑을 열어 보자 책 한 권이 들어 있었다.

'훈민정음해례본訓民正音解例本.'

"어!"

최고의 보물이 드디어 입수된 것이었다.

그리고 서적 위에는 명건이 쓴 것으로 보이는 작은 쪽지가 있었다.

-나머지도 입수, 도착 예정.

"하하하."

미친 사람처럼 웃었다.

이보다 더 좋은 일이 있을 수가 없기 때문이었다.

다음 날 대찬은 매튜 박사와 미국으로 초대된 주시경 선생의 제자들까지 죄다 초대했다.

사무실로 들어오는 사람들은 무언가 직감한 듯 입가에서 미소가 한가득이었다.

"제가 여러분들을 모신 이유가 있습니다."

"혹시?"

"맞습니다."

대찬은 조심스럽게 상자를 열어 내용물이 보여 주었다.

"오!"

"우리의 고유의 언어인 한글을 해석해 놓은 서적입니다."

"한번 살펴봐도 되겠습니까?"

"물론입니다. 대신에 여기 준비된 장갑을 끼고 조심스럽게 보시길 바랍니다."

이전까지는 어떠한 취급을 받았는지 알 수 없었지만, 대찬에게 입수된 이상 천 년이고 만 년이고 보존, 보관할 계획이었다. 그렇기에 지금부터라도 조심해야만 했다.

처음에는 호기심 있게 살펴보던 것이 어느 시점에서는 각기 서로 토론하며 의견을 교환하고 있었다. 분위기를 환기시켜야 함을 느끼고 대찬은 이목을 집중시켰다.

"여러분, 일단은 이 해례본을 가지고 표준 표기법을 만들어 주세요."

"표기법 말입니까?"

"네, 현재 한글 표기법이 주먹구구식이라는 사실은 여러분들이 더 잘 아실 테지요?"

한글을 읽고 쓰는 것은 다 할 수 있었으나 필기할 때는 굉장히 엉망진창이었고 사람마다 쓰는 방식이 달랐다. 누구는 세로로 쓰고 오른쪽에서부터 왼쪽으로 읽는 사람이 있는가 하면 누구는 가로로 쓰고 왼쪽부터 오른쪽으로 읽는 등 어떻게 누구에게 교육을 받느냐에 따라서 사용하는 방법이 크게 달랐다.

"그러니까 표기법부터 통일하는 것이 가장 시급하다고 생각합니다."

"무슨 말인지 알겠습니다. 그런데 그렇게 하기 위해서는 몇 가지 충분한 의논이 되어야 한다고 생각합니다. 일단 한자와 한글의 혼용을 어디까지 허용할 것인지, 또 어느 지방을 표준으로 삼고 만들 것인가가 선결 과제라고 생각합니다."

"저는 표기법을 말한 것이지 표준어를 정하자는 것이 아닙니다."

"그렇게 생각하시는 것이 당연합니다. 하지만 이게 중요하다는 이유가 있습니다. 지방마다 억양과 쓰는 단어, 말이 이어지고 끊어지는 부분이 다르니 어느 특정 지방을 기준으로 삼아 표기법을 만든다면 다른 지역은 전혀 맞지 않는 표기법이 탄생할 수도 있습니다."

"어휴, 어렵게 생각하시네요. 그러니까 이 해례본이 있지 않습니까? 한글의 원리에 대해서 풀어 놓은 것이니 해례본을 중심으로 표기법을 만들면 될 것 같습니다."

"그럼 모든 것을 해례본을 중심으로 만들라는 뜻입니까?"

"맞습니다. 한글을 창제하신 세종대왕께서 모든 원리를 여기에 풀어 놓으셨으니 모든 정답은 여기에 있다고 생각합니다. 그리고 문제점이 절대 생기지 않을 것이라 생각하지만, 혹시라도 문제가 생긴다면 의견을 모아 가장 타당하다 생각되는 것을 선택하면 되지 않겠습니까?"

대찬이 초등교육을 받을 당시 한글을 배울 때 '습니다'는 '읍니다'라고 배웠다. 하지만 언젠가부터 '습니다'로 쓰는 것이 당연하게 되었다. 그러니 한글이 계속해서 연구되고 발전할수록 표기법 역시 바뀔 수 있었다.

"설마 표기법을 정하면 연구를 그만하실 생각은 아니시겠지요?"

사람들은 손사래를 쳤다.

"그럼 정리가 되었나요?"

"그런 것 같습니다."

이 시간부터는 대찬이 참여할 수 없는 시간이었다. 바로 학자들끼리의 대화가 시작되었기 때문이었다. 어디서 연구를 할 것인가는 존 웨스턴 대학교에서 따로 연구동을 만들어 연구하기로 했고, 또 대학교의 정규 과정에 한글 학과를 신설하기로 합의를 봤다.

대찬의 유일한 취미는 수집이었다.

금화를 시작해서 유물, 와인, 미술품 등 많은 것을 수집했다. 하지만 이것이 대찬의 진정한 취미냐고 묻는다면 그의 대답은 '아니다.'라고 단호하게 말할 수 있다.

어디까지나 먼 미래를 바라보고 시작한 재테크 혹은 박물관을 가득 채울 생각으로 모으기 시작한 것뿐이었다. 그리고 막대한 자금을 바탕으로 야금야금 모으기 시작한 것이 이제는 따로 공간을 만들어서 사람을 두고 조심히 관리해야 했다. 이로 인해 유물에 관심이 많은 사람, 특히 고고학자들을 대거 영입해 관리를 맡겼고 학자들은 가까이에서 관찰과 연구를 할 수 있는 기회를 얻었다.

일상을 심심하게 보내던 대찬이었지만, 한 가지를 만들면서 색다른 재미가 생겼다.

실업 리그.

소유한 회사마다 종목을 정해 팀을 하나씩 만들라고 지시했었다. 이러한 지시를 한 이유는 타민족 간의 융화를 위해 연고의 강화와 강한 유대감을 위해서였다. 여기에 부수적으로는 문화 산업을 발달시키고 사람들의 유흥과 스트레스 해소를 위해 만들었다.

하, 지, 만.

대찬이 처음 축구 경기를 관람하고는 이렇게 말했다.

"이게 축구야?"

공 하나를 가운데에 두고 시작한 경기를 본 후기를 설명하자면 단 한마디로 표현이 가능했다.

우르르.

이보다 더 심각한 동네 축구는 존재하지 않을 것 같았다.

당연히 대찬의 성에는 차지 않았다.

악마의 게임의 한 축을 담당하는 축구 게임을 CM부터 시작해서 FM의 시리즈 그리고 그 유명한 '군대스리가'까지 두

루 섭렵했던 경험이 있었기 때문이었다. 이후로 몇 번 더 경기 관람했지만 볼 때마다 '우와!'보다는 '쯧쯧.'이 많았고 이를 계기로 한 가지를 결심했다.

"내가 감독한다!"

당장 본사 실업팀을 창단하고 대대적으로 공고하고 지원자를 받았다. 그러자 반응이 남달랐는데, 대찬의 명성에 의해 동경하는 사람들이 가까이에서 그를 접하고 싶어 했기 때문이었다.

지원자는 많았지만, 모두가 똑같이 특출한 재능을 가지고 있지는 않으니 충분한 테스트가 필요했고 체력과 신체 위주로 선별했다. 그 이유는 사람들의 평균 신장이 크지 않으니 체격이 좋으면 공중전에 유리했고 체력이 좋으면 열심히 필드를 누빌 수 있기 때문이었다.

각종 테스트를 걸쳐 최종 선발된 28명의 선수.

첫 훈련에 대찬은 웃음이 났다.

"차두리."

"네!"

"박지성, 이영표, 안정환⋯⋯."

익숙한 이름이 많이 있었다.

대찬은 간단한 기술과 패스를 중심으로 훈련함과 동시에 전술적인 측에서 많은 설명과 반복을 통해 숙지시켰는데, 사람이 아무리 뛰어 봐야 더 빠른 공을 쫓아갈 수 없기 때문이었다. 그리고 적절한 포지션을 설정해 역할 수행에 있어서 탁월하게 만들었다.

효과는 바로 나타났다.

동네 축구가 아무리 애를 써 봐야 패스 위주로 운영되는 경기를 뒤집을 수 없었다. 맡은 역할에 대해서 이해도가 높아 톱니바퀴처럼 운영하니 이리저리 바쁘게 공만 쫓아다니다가 경기가 끝나 버리는 것이다.

당연하게도 그해의 리그 우승은 대찬의 본사 실업팀이 차지했다.

변화는 그다음부터였다.

철저하게 농락당한 1년이라는 시간을 '치욕의 1년'이라고 부르며 변화를 꾀하기 시작했다. 점점 현대 축구의 형태가 나타나기 시작하자 미흡하기는 했지만 대찬은 관람하는 재미가 생기기 시작했다.

다음으로 대찬이 손본 것은 야구였다.

신사의 게임이라고 부르는 야구였지만, 이 시절에는 이종 격투기를 방불케 하는 경기 운영이었다. 1루수를 몸통으로 쳐 버려서 공을 놓치게 해서 세이프 되는가 하면 고의로 수비수를 방해하고 공격하는 등 현대 야구와는 다른 점이 상당히 많았다.

"그리고 저놈의 글러브는 왜 이렇게 작아?"

투수가 쓰고 있는 글러브는 어린이용이라고 해도 믿을 정도였다.

"왜 저렇게 공에 침을 발라?"

계속해서 침을 덕지덕지 발라 공을 던지는 모습에 대찬은 고개를 저었다.

'더티.'

지금의 야구는 이 단어로 모든 내용을 설명할 수 있었다.

대찬은 야구팀을 만드는 것보다는 경기의 룰을 수정하는 방법을 썼다.

1루수에게 태클하는 것은 절대로 불가에 수비수를 방해할 수는 있으나 그 한계를 명확히 정했고 공격을 못 하게 했다.

투수는 공에 침을 바르지 못하게 했다. 이 외에 몇 가지를 더 수정하고 경기를 관람하자 전보다는 확연하게 깔끔해진 경기를 볼 수 있었다.

"이게 야구지."

그런데 뭔가 아쉽고 조금은 부족하다는 느낌을 지울 수가 없었다.

"치어리더가 없구나!"

시끄럽지만 유쾌한 응원과 신명 나는 분위기가 없으니 야구가 지루하다는 느낌을 크게 받았다.

"당장 응원단을 만들어요!"

응원 방식에 대해서 간단히 설명하고 팀마다 응원단을 만들어 운영하는 것을 지시하자 시끌벅적하고 재미있는 분위기가 만들어지고 응원하는 맛이 났다.

"하하, 이게 야구지!"

대찬이 바꾸어 놓은 몇 가지로 점점 리그의 흥행이 성공적으로 변해 갔다. 특히 한인 위주의 팀 구성이었던 것이 점점 다른 민족이 섞이기 시작하면서 인종에 상관없이 연고에 따른 강한 유대감이 예전에 비해 강하게 생성되기 시작했다.

이는 점점 소문이 나기 시작하면서 여행자들이 경험해 봐야 하는 여행 코스로까지 자리 잡게 되었다.

서부에 스포츠가 흥행하고 자리 잡으면서 생긴 변화는 또 있었다. 흥미가 생기면 알고 싶고 알게 되면 보게 되고 연쇄적으로 하고 싶기 마련이다. 그래서 직접 운동을 즐기는 사람이 늘었는데, 경쟁의 대상이 없다면 재미가 없는 법.

그래서 단체가 생기고 아마추어 리그가 생기기 시작했는데, 가장 극적인 변화가 이뤄진 것은 대학교였다.

샌프란시스코를 중심으로 자리하고 있는 대학교들끼리 리그가 생겼는데 샌프란시스코, 스탠퍼드 외에 다수의 대학교가 참가했고 대찬이 설립한 존 웨스턴 대학교 역시 이 리그에 포함되었다.

'The sun league.'

좋은 날씨에 햇살이 좋아 이름 붙여진 새로운 리그였다.

에디

　공화당 전당대회는 10차에 걸친 투표 끝에, 워런 하딩 상
원의원이 레오나르도 우드 소장과 프랭크 로우덴 일리노이
주지사를 제치고 대통령 후보로 선출되었다.

　반면 민주당은 초반 유력한 후보였던 윌슨 대통령의 양자
윌리엄 맥아더 전 외무장관이 44차에 걸친 투표 도중 윌슨
대통령의 반대로 제임스 콕스 오하이오 주지사에게 역전당
해 대통령 후보를 넘겨주었다. 부통령 후보로는 프랭클린 루
스벨트 해군 차관이 선출되었다.

　드디어 열린 대통령 선거는 워런 하딩과 민주당의 제임스
콕스 외에도 다수의 당에서 대통령 후보가 출마했다. 이전과
는 다르게 이번 선거에서는 눈에 띄는 점이 있었는데, 여성

의 정치 참여가 가능해진 첫 번째 선거였다. 이 때문에 이전 선거의 투표자 수가 두 배 이상 늘어난 것이었다. 이것이 선거에 큰 변수로 작용할 것이라는 예상과는 다르게 하딩은 '정상 정치로 돌아가기A return to normalcy'라는 슬로건으로 윌슨과 경선해, 선거인단에서 4 대 1에 가까운 압도적인 차이로 민주당의 후보인 콕스를 이겼다.

대통령이 된 하딩은 자신의 내각을 만드는 한편 오하이오의 갱이라 알려진 많은 친구들을 워싱턴 D. C.로 데려왔다.

동부로 다시 돌아온 대찬은 뜻밖의 손님 때문에 곤혹스러워하고 있었다.

"새롭게 대통령이 된 사람이 내 친군데, 사업을 하려면 어느 정도 공권력이 뒷받침돼야 하지 않겠소?"

고압적인 태도와 노골적인 요구.

'기가 차네.'

정치헌금이라면 군소리 않고 줄 용의가 있었고 로비를 하지 않는 것도 아니니 필요가 있다면 아무도 모르게 처리하면 될 일이 있었다. 그런데 일면식도 없는 사람이 대통령의 친구라고 나타나서 노골적으로 금전을 요구하고 있었다.

'발로 차서 쫓아낼 수도 없고 미치겠네!'

오하이오 갱이라고 불리는 이들 중의 하나였는데, 하딩의 친구라고 어찌나 소문을 내고 다니는지 풍문으로라도 듣지 않을 수가 없었다.

"사업하는 데 공권력이 필요하겠습니까? 세금 잘 내고 불법을 저지르지 않고 있는데요."

"허허, 말귀가 어두우신 분인 것 같소?"

'내가 하고 싶은 말이야, 인마!'

속으로는 욕을 한 바가지 하고 있었지만, 겉으로는 절대 내비치지 않았다.

"무슨 말씀 하는 건지 모르겠네요."

접근 방식부터가 잘못되었기에 대찬은 이런 말도 안 되는 요구에 응할 생각이 전혀 없었다.

"그럼 말이 통할 때 다시 찾아오겠소. 아니, 먼저 찾아오게 될 것이오."

과격하지 않고 잔잔한 말이었지만 주는 의미는 확실했다.

협박.

원하는 것을 주게 될 것이라는 오만한 태도를 고수하며 돌아갔다.

"안하무인이 따로 없네."

절대 기분 좋을 수 없는 만남.

하지만 이제는 뒷감당할 준비를 해야 했다.

"덕원 씨."

"네."

"방금 나간 사람의 모든 것을 조사해요."

"모든 것이라 함은?"

"말 그대로예요. 그 사람 집에 포크가 몇 개 있는지까지 조사해요."

"알겠습니다."

'해코지하겠다고? 흥, 내가 먼저 해 주지!'

남들이 멸시하지 못할 정도의 힘을 기른 대찬은 대통령의 친구라는 이유로 난데없이 자신에게 찾아와 협잡질하는 것을 아무 일도 없었던 듯이 넘어가 줄 생각이 전혀 없었다.

'동부 사회에도 내가 만만치 않은 인물이라는 것을 알릴 필요가 있어.'

아직까지 동부에서는 흔하지 않은 피부색 때문에 괄시하는 경향이 있었는데, 이번 기회에 본보기를 보일 참이었다.

'튀지 않는 선에서 적절한 정도로만 해결해야지.'

대찬은 며칠 뒤 서류를 받을 수 있었다.

"흠."

읽어 본 서류는 그 사람이 어떤 사람인지 적나라하게 적혀 있었는데 다 읽고 나서는 딱 한 가지 이미지였다.

"어처구니가 없네. 그저 그런 사기꾼이잖아."

분명 하딩과의 친분은 있었다. 그리고 그 유명한 오하이오 갱의 멤버 중에 한 명은 맞았다. 하지만 급이 낮은 편이었다.

'이번 대통령은……'

마음에 들지 않았지만 참는 수밖에 없으니 애써 머릿속에서 지워 버렸다.

아메리칸
드림

'그 자식을 처리해야겠는데, 직접 아니면 차도살인 방식?'

전자와 같은 경우 대외적으로 함부로 건들다가는 큰코다칠 거라는 것을 공식적으로 알릴 수가 있지만, 현 정부와 척을 질 수도 있었고 후자의 방식으로 처리하면 정보가 빠른 사람들을 제외하고는 경고하기가 힘들었다.

"아, 골치 아프네."

어떠한 방식을 택해야 효과가 좋은지 알 수가 없었다.

"옆집에 들러야겠어. 차 대기시켜요."

행선지는 록펠러 하우스였다.

주소상으로는 바로 옆집이나 다름이 없었다. 하지만 가깝게 느껴지는 이 거리를 걸어간다면 무조건 후회할 것이었다. 대찬의 대저택을 걸어서 빠져나가는 시간이 꽤나 걸렸고 록펠러 하우스에 가는 시간도 무시할 수 없었다.

록펠러 하우스에 도착하자 대기하고 있던 집사가 존이 있는 곳까지 안내해 주었는데, 그곳에 가 보니 존은 주니어와 시간을 함께 보내고 있었다.

"손녀사위 왔는가?"

"네, 주니어가 여기 있었네요."

"쯧, 엠마에게 이곳에 온다는 소리를 못 들었나 보구먼."

"하, 하."

멋쩍게 웃고 나서 생각해 보니 그런 소리를 들은 것 같기도 했다.

"그래, 아무 용건도 없이 오진 않았을 것이고 무슨 일인가?"

"혹시 에디 브룩스라고 아십니까?"

존은 고개를 끄덕였다.

"망아지처럼 날뛰는 놈이 하나 있다고 들었네. 그와 관련된 일인가?"

"맞아요."

"표정을 보니 이미 결심한 것 같구먼."

"네, 그런데 고민되는 게 있어요."

"고민? 처리하지 못해서 고민하지는 않을 테고, 뭔가?"

"공개적으로 할지 은밀하게 할지 둘 중에 어떤 것이 더 나을지 의견을 구하기 위해서 왔어요."

"확실히 장단점이 있구먼."

존은 상황을 정확히 이해하고 있었기에 각기 장단점을 빠르게 파악했다.

"그럼 은밀하지만, 공개적인 것은 어떻겠나?"

"은밀하지만 공개적이라고요?"

"사용할 수 있는 루트가 하나뿐인 것은 아니지 않는가?"

"구체적으로 어떤?"

"이번에는 공화당에 많은 지원을 했다지?"

"역시 비밀은 없네요."

"그렇지, 그런데 내가 어떻게 그것을 알겠나?"

"아!"

아메리칸
드림

공화당을 이용하라는 뜻이었다.

"물론 돈이 좀 들기는 하겠지만, 어차피 푼돈이지 않는가?"

"무슨 말인지 잘 알겠어요."

"하하, 그럼 해결됐구먼. 온 김에 같이 저녁 식사까지 함께 하세."

"넵!"

다음 날 대찬은 공화당 뉴욕 지부를 찾았다.

공화당은 민주당과 함께 미국의 양대 정당 중 하나였는데, 미국의 정치 만평가 토머스 네스트가 자신의 정치 만평에서 민주당을 당나귀로, 공화당을 코끼리로 표현한 이래 코끼리가 당의 상징이 되었다.

"직접 어느 당을 찾아와 본 건 처음이네?"

코끼리 그림이 그려진 건물에 들어가자 미리 연락을 받은 사람들이 대찬을 안내했고 공화당 뉴욕 지부장을 만날 수 있었다.

"웬일로 방문까지 하셨습니까? 당장 존 씨의 방문 소식이 가십거리가 될 것 같습니다."

"하하, 그런가요? 사실 투정 좀 부리려고 찾아왔습니다."

"투정이라니요. 하하, 하실 말씀이 있는 것 같습니다."

"사실…… 에디 브룩스라는 사람이 며칠 전에 저를 찾아왔습니다."

순간 흠칫하는 모습을 보이는 지부장이었다.

"흠흠, 그렇습니까?"

"그러면서 워싱턴에 있는 분을 이야기하더군요. 전에도 꽤 많은 지원을 해 드렸던 것으로 기억하는데요."

"아! 그런 일이 있었군요."

'쇼하고 있네.'

모른 척 시치미 떼고 있지만, 사실은 이런 일에 대해서 누구보다 더 잘 알고 있을 것이었다.

"덕원 씨."

대찬의 부름에 가방 하나를 탁자 위에 올리고는 자리로 되돌아갔다.

"앞으로는 필요하시면 저 말고 뒤로 보이는 비서실장에게 연락하셨으면 합니다."

"아, 알겠습니다."

"그리고 저는 사업가입니다."

"잘 알고 있습니다."

"그럼 다음에 뵙죠."

공화당 지부를 빠져나오며 대찬은 앞으로 무슨 일이 생길지 기대가 됐다. 지부장과 오간 대화는 상당히 함축적인 의미가 담겨 있었는데, 사업가라는 말은 앞으로 나에게 무엇을 보장해 줄 것이냐고 묻는 의미도 있었고 에디 브룩스 같은 잔벌레들이 꼬이지 않게 주의해 달라는 뜻도 있었다.

반응은 곧바로 나타났다.

하딩의 이름을 팔고 다니던 사람들이 어느 순간 싹 사라진 것이다. 그리고 크게 두 가지 소문이 돌았는데.

"존이 무지막지하게 큰돈을 줘서 더 이상 그런 일을 하지 않아도 된다고 들었다."

또 다른 말은 완전히 상반되는 이야기였는데.

"사람을 시켜 쥐도 새도 모르게 처리했다."

이렇게 말도 안 되는 소문만 돌았다. 황당했지만 딱히 대응하지 않았는데, 이런 소문을 믿는 사람은 실상을 제대로 파악하지 못한 사람들 사이에서 도는 가십에 불과했기 때문이었다.

한편 에디 브룩스는 오하이오에 돌아가서 자숙할 수밖에 없었는데, 공화당에서 강력하게 경고해 눈 밖에 나지 않으려면 한동안 반성하는 모습을 보일 필요가 있었다.

"젠장!"

술을 마시며 자신의 울분을 삭이고 있었다.

"가만두지 않겠어!"

목표는 하나였다.

해가 바뀌고 그토록 고대하던 대찬의 쇼핑몰이 개장을 앞

두고 있었다.

원스톱 쇼핑에 복합 문화 공간, 이 시대에는 이러한 개념을 찾을 수 없으니 굉장히 편리하고 효율적인 시스템이었다. 그렇기에 대찬은 대성공을 자신했다.

"지금부터 커팅식을 시작하도록 하겠습니다."

정문에 초대된 사람들과 동부에 있는 간부들 그리고 대찬의 부부는 나란히 서서 빨간 줄을 잡고 신호에 맞춰 테이프를 잘랐다.

음악이 울려 퍼지고 커팅식을 한 사람들은 대찬의 주변에 몰렸다.

"하하, 축하합니다."

"성공을 기원합니다."

적잖은 덕담을 받으며 기분 좋게 쇼핑몰을 개장했다.

그런데 성공을 예상했던 쇼핑몰이 대찬의 예상을 크게 빗나갔다.

"왜? 안 되지?"

자신 있었던 사업이 침몰해 가자 원인 파악을 하기 시작했다. 그래서 몇 가지 이유를 찾아낼 수 있었는데, 생각보다 사람들이 자가 소유하고 있는 차량이 턱없이 부족하다는 것이었다. 많은 차량이 싼 가격에 판매되고 있었지만, 아직까지 차량을 소유하고 있는 사람이 많지 않았다.

거기에다 세계 각지에서 명품 혹은 이름을 날리고 있는 디자이너를 초대해서 의류 쇼핑 단지를 만들었지만, 홍보도 제대로 되지 않았고 현지와는 맞지 않는 디자인으로 외면당하기 일쑤였다. 그나마 공연을 관람하기 위해서 오는 사람들이 매출을 조금이나마 올려 줘서 당장 폐업은 막고 있었다.

"와! 미치겠네."

이대로 가다가는 불패 신화에 흠집이 갈 것은 분명했다.

"방법을 찾아야 돼!"

대찬은 맹렬하게 두뇌를 회전시켰다.

그러나 아무리 생각을 해도 딱히 명쾌한 해결책이 생각나지 않았다.

"쇼핑몰 살리겠다고 덩치만 비대한 교통사업을 할 수는 없고."

교통업이 돈이 되지 않는 것은 아니었지만, 너무 비효율적이라는 것을 알고 있었고 마지막으로는 인종 간의 갈등에 대한 해결 방법이 없기에 애초에 하지 않는 것이 훨씬 이득이었다.

"셔틀버스도 마찬가지."

뉴욕은 넓었고 모든 지역에 셔틀버스를 운영하느니 교통사업을 하는 것이 나을지도 몰랐다.

"해결 방법이 없네."

이런 반응일 것이라고는 전혀 예상하지 못했기 때문에 사업 선택에 대해서 신중해야 한다는 교훈을 얻을 수 있었다.

"접어? 아니야 벌써 접기는 너무 성급한 판단이야."

사업적으로는 성공할 수 있는 확신이 있었기에 아무것도 해 보지 않은 상태에서 패배를 선언하기는 싫었다.

"일단 다른 문제점이 없는지 다시 한 번 확인해 보자."

지금까지 발견한 원인은 쇼핑몰에 접근 방식이 불편하다는 것이었고 의류 몰 같은 경우는 외국과는 다르게 뉴욕에서는 취향이 맞지 않는다는 것이었다.

"홍보는 제대로 됐나?"

갑자기 궁금해졌다.

"덕원 씨."

대찬의 부름에 금세 나타났다.

"찾으셨습니까?"

"혹시 쇼핑몰을 어느 정도까지 홍보했어요?"

"유명한 신문사와 뉴욕 라디오 방송국에 광고를 진행했습니다."

홍보는 철저하게 진행되었다.

"신문에 실린 광고가 보고 싶네요."

"금방 가져다 드리겠습니다."

그렇게 받은 신문의 광고는 쇼핑몰 정문을 찍은 사진과 함께 새롭게 개장한 매장이라고만 적혀 있었다. 그리고 옆에 쇼핑 목록을 적어 놨는데, 보는 순간 한숨이 나왔다.

"어휴."

광고는 기업이나 개인과 같은 단체가 상품 서비스 이념 신조 정책 등을 세상에 알려 소기의 목적을 거두기 위해 투자하는 정보 활동이다.

　하지만 신문에 실린 쇼핑몰의 광고는 호기심이 생기지도 않았고 '이런 곳이 새로 생겼구나.' 하는 수준에서 머무는 단계의 광고였다.

　"덕원 씨, 에드워드 씨 면담 약속 좀 잡아 줘요."

　강력한 구원투수를 써야 될 것 같았다.

　며칠 뒤 오랜만에 두 사람은 얼굴을 마주했다.

　"그간 잘 지내셨어요?"

　"네, 잘 지내고 있습니다."

　"실은 의뢰할 것이 있어요."

　"쇼핑몰 말인가요?"

　대찬은 고개를 끄덕였다.

　"제 사업이 약간 이른 면이 있었던 것 같아요."

　"확실히 시스템은 좋았습니다. 그런데 저를 찾으신 이유는 역시 광고가 제대로 되지 않았다고 생각하셨기 때문이겠지요?"

　"맞아요. 몇 가지 문제가 더 있지만 크고 확실하게 느껴지는 것은 광고라고 생각해요."

　"좋습니다. 당장 진행하도록 하지요."

　"방법이 있나요?"

"기대하셔도 좋습니다."

자신감 있는 모습을 보였다.

바로 일에 착수한 에드워드는 곧장 신문에 기사를 작성해 투고했는데, 일종에 쇼핑몰 탐방기였다. 모든 물건을 한 곳에서 접할 수 있고, 발품 팔아 가며 물건을 따로따로 구입할 필요가 없다는 등 하나부터 열까지 직접 경험하고 편리한 시스템임을 강조했으며 세세하게 경험담을 나누었다.

쇼핑몰은 서서히 방문자가 늘기 시작하더니 어느 시점이 지나가자 적자 상태가 점점 호전되었다. 그럼에도 불구하고 여전히 흑자로 전환하지는 못했다.

그러자 에드워드는 한 가지 수를 더 썼는데 이것이 묘수였다. 사람을 동원해서 은근하게 자극하기 시작한 것이었다.

"이번에 새로 생긴 쇼핑몰 가 봤어? 아직 안 가 봤다고? 요즘에 쇼핑몰을 한 번도 안 가 본 사람이 흔하지 않은데, 내 주변에서는 거의 다 한 번씩은 가 봤던데……."

경쟁 심리를 자극하고 이를 통해 유행을 조장한 것이었다. 이렇게 3개월이 지나자 적자에서 흑자로 전환되었다.

'아! 내가 왜 이 생각을 못 했지?'

유행을 선도하고 꾸준하게 대량으로 소비자를 만들기 위해 만들었던 쇼핑몰이었다. 그런데 정작 매출이 오르지 않자 다른 방식으로 소비자를 끌어들이려고 했던 것이었다.

의뢰를 마무리해야 될 때쯤 에드워드와 다시 자리를 가

졌다.

"이거 크게 배웠네요."

"이런, 뭔가 깨달으신 게 많은 것 같네요. 밑천 다 털려 버렸네요, 하하."

"아니에요. 에드워드 씨보다 부족한 점이 많지요. 다만 앞으로 방향에 대해서 힌트를 얻은 것은 사실입니다."

"그래도 자주 찾아 주십시오. 저도 먹고살아야 되지 않겠습니까?"

"물론이지요. 그래서 말인데, 장기 계약을 하는 것이 어떻습니까?"

"장기 계약요?"

"저는 많은 사업체를 가지고 있습니다. 그런데 일일이 신경 쓸 수 없으니 전담해서 맡아 주셨으면 합니다."

에드워드는 고민하는 표정을 지었다.

"우리 회사 일만 해 달라는 뜻은 아닙니다. 판매량이 저조한 상품이거나 의뢰한 쇼핑몰 같은 일이 벌어졌을 때 처리해 주시면 됩니다."

"그런 정도라면 하겠습니다."

대찬은 에드워드와 5년에 매년 1백만 달러의 계약을 맺었다. 조건은 한 해에 열 건이었고 초과할 시 특별수당이 나가고 광고할 상품이 없어도 연봉을 보장해 주기로 했다.

힌트를 얻은 대찬은 의류 몰을 살릴 아이디어가 상당히 많이 떠오르기 시작했다.

"광고와 함께 유행 조장 그리고 사람들 눈에 익숙해질 필요가 있어."

외국에서는 잘나가는 상품이었지만 뉴욕에서는 외면받는 디자이너 브랜드를 소비자들에게 팔기 위해서는 먼저 익숙해질 필요가 있었다.

"그러려면 시각적으로 사람들을 현혹해야 하는데, 가장 좋은 것은 잡지 혹은 모델이야."

남성, 여성 잡지 외에도 많은 잡지와 수많은 전광판의 모델들이 태가 나게 옷을 입고 찍은 멋진 사진은 사람들을 현혹하기에 딱 좋은 수단이었다.

"그런데 내가 무슨 패션에 재주가 있어야지."

마침 대찬에게는 거북하기 그지없는 패션에 소질이 있는 사람과 함께 살고 있었다.

"엠마!"

"네, 여보."

"혹시 새로운 사업 해 볼 생각 없어요?"

"새로운 사업요? 어휴, 저 지금 임신 중인 거 몰라요?"

"하, 하. 미안해요. 그런데 엠마 말고는 다른 사람이 떠오르지 않아요."

"알았어요, 뭔데요?"

대찬은 패션 잡지에 대해서 설명을 했다. 그런데 엠마의 표정이 뚱했다.

"이미 있잖아요."

"어라, 정말요?"

엠마는 사람을 시켜 잡지를 가져오게 했다.

"자, 여기요."

'Vogue.'

대찬은 잡지를 뒤적거리기 시작했다.

"헐."

유행하는 옷을 모델들이 입고 여러 페이지에 걸쳐 설명이 적혀 있었다. 집중력 있게 잡지를 보다가 정신이 번쩍 들었다.

"아, 아니지, 이게 아니라, 쇼핑몰에 있는 상품들을 팔기 위해서 새로운 잡지가 필요해요."

"새로운 잡지요?"

"네, 우리 의류 몰에 있는 디자이너 브랜드를 성공시켜야 해요."

"쇼핑몰에 입점해 있는 디자이너 브랜드를 중심으로 패션 잡지 회사를 새로 만들겠다는 말이에요?"

"바로 그거예요."

"좋아요."

다행히 엠마는 흥미를 보였다.

"그럼 부탁해요."

그렇게 새로 만들어진 패션 잡지의 이름은 엠마의 미들 네임과 대찬의 D를 따서 '엘리자베스 D'라고 지었고 의류 몰에 입점한 디자이너 브랜드를 중심으로 운영했다.

창간호가 발매되고 사람들의 반응은 호불호가 분명했다. 그렇지만 낙관적이었던 점은 호기심을 동반한 관심을 끌어냈다는 것이었다.

다음으로 대찬이 실행한 일은 최대한 많은 모델들을 고용해 매장 유리관에 마네킹을 대신해서 옷을 입혀 사람들 눈에 익숙하게 만들었다. 특히 체형에 맞게 수선하여 디자이너가 원하는 맵시가 살 수 있게 만들어 예쁘고 멋진 옷이라는 것을 사람들에게 각인되게 유도했다.

에드워드의 활약으로 간신히 적자를 벗어났던 쇼핑몰은 잡지와 광고 그리고 모델, 삼박자가 갖춰지면서 매출이 점점 늘었다.

"휴, 다행이다."

모든 일이 원활하게 돌아가고 더 이상 관여치 않아도 되는 상태가 됐을 땐 벌써 반년 이상이 훌쩍 지나가 있었다.

러시아는 반으로 쪼개져 적백 내전이 치열하게 전개되고 있었고 그로 인해 자유시 참변은 일어나지 않았다.

그리고 7월 1일, 중국에서는 코민테른의 지도하에 중국공산당 제1차 전국대표대회를 개최, 천두슈는 리다자오와 함께 공산주의 정당을 창당했고, 11일 몽골은 중국으로부터 완전한 독립을 쟁취했는데, 만리장성을 중심으로 이북의 모든 영토(내몽골, 외몽골)를 획득하는 데 성공했으며 위구르 역시 며칠 지나지 않아 완전한 독립을 하게 되었다.

1919년 1월 5일에 베르사유조약에 반대하는 사람들이 결성한 독일의 국가사회주의 노동자당을 상관 장교의 명령으로 히틀러가 조사에 착수하게 되었는데, 우연히 당 대회에 참석하게 되었다. 그리고 아무렇지 않게 자신의 의견을 말했다가 입당해 7월 29일에 당의 지도자까지 되었다.

♣

"아이고 삭신이야."

다시 서부로 넘어오자 쌓인 피로감에 쉬고 싶다는 생각만 가득했다.

다음 날 일어난 대찬은 전화기를 들었다.

─여보세요.

"광명 씨?"

─아닌데요. 누구시죠?

"강대찬입니다."

─아, 사장님!

"실례지만 누구세요?"

─이한주라고 합니다!

"아, 네. 한주 씨, 광명 씨 좀 바꿔 주실래요?"

ㅡ죄송합니다. 지금 전화받기 곤란합니다.

"곤란하다니요?"

ㅡ지금 시험비행 나가셨습니다.

"그럼 언제쯤 통화 가능할까요?"

ㅡ내일 가능할 것 같습니다.

"내일요?"

ㅡ아니면 다른 활주로에 전화하셔야 되는데 언제 통화될지 알 수 없습니다.

"무슨 말인지 이해가 안 되네요. 구체적으로 설명해 주세요."

ㅡ여러 명이 동승할 수 있거나 화물을 운송할 수 있는 비행기를 실험하고 있는데 직접 시험 운행에 참가했습니다.

굉장히 반가운 소리였다. 그렇지 않아도 이동에 불편함을 느끼고 있는 상황, 제작자가 직접 시험비행에 참가할 정도니 이미 충분한 완성도가 예상되었다.

"그럼 내일 방문하도록 할게요. 광명 씨에게 그리 일러 주세요."

ㅡ알겠습니다.

전화를 끊고 나서 미친 듯이 쌓이는 피로감을 덜겠다는 생각이 들어 기쁜 마음이 들었지만, 한편으로는 이미 완성도가 높은 비행기가 왜 제대로 보고가 되지 않았는지 궁금하고 약

아메리칸
드림

간 불만스러운 마음도 생겼다.

직원들에게 일러 항공 회사에서 올라온 보고서를 다시 받아 검토하기 시작했는데, 개발 중이라고만 되어 있지 완성도가 어느 정도인지 개발 완료의 예상일이 얼마나 되는지는 전혀 적혀 있지가 않았다.

"한번 혼내야겠네."

사업체가 많아 일일이 관리할 수 없기 때문에 제때 보고하지 않고 계속해서 누락된다면 사업체의 진로나 계획에 있어서 많은 차질이 생긴다.

대찬이 방문한다는 소식에 항공 회사의 사람들은 대찬이 오기만을 학수고대하고 있었는지 질서 정연한 모습으로 대찬을 맞이했다.

"어서 오십시오."

광명이 웃으면서 인사를 건넸다.

"네, 오랜만이에요. 일단 해묵은 이야기부터 하지요."

조용한 사무실에 가자 대찬은 본격적으로 광명을 꾸짖었다.

"도대체 왜 보고가 이따위입니까?"

가지고 온 서류를 꺼내 던졌다.

"네?"

"지금 광명 씨가 운영하는 사업체는 수많은 사업체 중의 하나입니다. 알고 있지요?"

"그렇습니다."

"그런데 왜 유독 이 회사는 보고서가 이렇게 빈약하고 무엇을 하는지 알 수 없게 써서 내는 겁니까?"

"그게……."

"속 시원하게 말을 해 보세요. 왜 보고서를 보고도 알 수 없는 내용을 부하 직원과 통화하면서 알아야 합니까?"

"죄송합니다. 개발이 완료되면 깜짝 놀라게 해 드리려고 했는데 제 생각이 짧았던 것 같습니다."

'이 무슨 어린아이 같은 발상이야?'

대화를 나누다 보니 속이 더 부글부글 끓었다.

"앞으로는 제때 보고하도록 해요."

"알겠습니다."

풀이 죽은 모습이었다.

'진짜 아이 같네.'

"어휴, 그건 그렇고 얼마나 개발된 것이에요?"

"많이 개발되었습니다. 이제는 장거리 비행 실험만 해 보면 됩니다."

"장거리면 어느 정도나 되는 거리에요?"

"예상하기로는 캘리포니아에서 텍사스까지입니다."

'그럼 뉴욕까지는 세 번에서 네 번이면 가는 건가?'

희소식이었다.

"그럼 장거리 비행에 성공하면 바로 운영이 가능한가요?"

"문제가 발견되지 않는다면, 그렇습니다."

"좋아요. 그럼 이번에는 바로 보고하도록 해요."

드디어 빠르게 이동할 수 있을 것 같았다.

장거리 비행은 성공적이라는 보고를 받았다. 경비행기에
몇 사람 탈 수 없었지만 대찬에게 가장 필요한 이동 수단이
었다.

"아! 드디어!"

서부에서 동부까지는 단번에 갈 수는 없으니 중간에 경유
를 해야 하지만, 비행기를 통한다면 1박 2일 만에 샌프란시
스코에서 뉴욕까지 갈 수 있게 된 것이었다.

"하지만 당장 이용할 수가 없네."

아직 중간에 경유할 수 있게 준비된 곳이 없으니 기반 시
설이 마련되기 전까지는 육상 이동을 이용해야 했다.

"당장 부지 선정해서 항공교통을 운행할 수 있는 기반을
마련해야겠다."

새로운 비행기 개발 사실을 알리고 특허를 취득한 다음 이
를 운영하기 위해 준비를 차근차근 진행했다. 각 주마다 넓
고 한적한 개활지 위주로 구입하고 미래의 공항 비슷하게 일
괄적으로 건설을 지시했다.

광명이 경비행기 위주로 이동 수단을 연구한 반면에 9월 28일 맥레디의 제너럴 일렉트릭에서 공기를 압축해서 엔진에 공급하는 장치를 단 신형 디젤엔진을 부착한 레퍼르 복엽기LePere biplane가 개발되었다.

　이 비행기는 10,518m까지 상승하는 데 성공했다. 엄청난 발전이었는데, 고도가 상승할수록 공기가 부족해 비행기 출력에 어려움이 많았기 때문이었다.

　한편 이 소식을 들은 김광명은 이를 바득바득 갈았다.

　"나는 20,000m를 돌파하고 말겠어!"

　그는 맥레디에게 라이벌 의식을 느끼며 신형 엔진과 전투기 개발에 몰두하기 시작했다.

　대찬 역시 레퍼르 복엽기 소식을 듣고 깊이 고심했다.

　'확실히 인재가 부족해.'

　몇몇 천재들을 영입했고 나름의 성과는 있었지만, 아무래도 인재가 적으니 살짝 기대에 못 미치는 부분이 많은 것도 사실이었다. 지금까지는 별다른 차이가 나지 않았지만, 이번 소식에는 대수롭지 않게 넘어갈 수가 없었다.

　'그래서 대학교도 만들었는데.'

　그럼에도 불구하고 인재가 부족하게만 느껴졌다.

　'해결책이 뭘까?'

　문득 회귀 전 인재들을 끌어들이기 위해서 세계적인 기업들이 하는 행동들이 떠오르기 시작했다.

'선점.'

풍문으로 들었던 이야기 중에 흥미로 듣고 말았던 것들이 속속들이 생각이 났다.

'S대.'

IMF가 오기 전 굉장히 낙관주의가 팽배했던 시절에 대학교에서는 하얀 천막들이 줄줄이 자리하고 있었다고 들었다. 그 천막들은 각 기업이 하나씩 자리를 차지하고 있었는데, 기업들이 필요한 인재를 얻기 위해 졸업 예정자들을 선점하는 방법이었다.

천막에 있는 기업에 관심을 가진 학생들과 상담하였고 좋은 조건을 제시했다. 예를 들어 매월 용돈과 장학금을 지원해 준다는 약속을 했고 반대급부로 졸업 후 회사에 입사해서 일정 기간은 근무해야 했다.

'그때는 어이가 없었는데…….'

반대로 지금은 그 마음이 이해가 되었다.

'그렇다고 나도 똑같은 방법을 쓸 순 없어. 누가 뛰어난지 알 수 없으니까.'

확실히 선점하는 효과는 가질 수 있을 터였다. 하지만 비슷한 인재라면 다른 방법으로도 얼마든지 채용할 수 있었다.

당장 필요한 것은 핵심 개발 인력과 회사에서 중추적인 역할을 할 수 있는 인재였다.

'특히 공학 쪽은…….'

절로 고개가 저어졌다.

'일단은 모든 대학교에 공학 관련 졸업 예정자는 선점해 둘 필요가 있다.'

특히 2차 세계대전에 군수 관련 분야는 무시무시할 정도로 발전했다. 그렇기에 미리 인재들을 확보해 둘 필요가 있었다.

'다음으로는 회사를 운영할 인재들이 필요한데.'

딱히 생각나는 것이 없었다. 대찬이 원하는 인재는 기본적으로 회사에 충성심이 강한 인물이기 때문이었다. 그래서 무턱대고 아무것도 검증되지 않은 인물을 덜컥 고용할 생각이 들지 않았다.

'충성심이라……'

어려운 문제였다.

동포이기에 가장 충성심 있는 한인들 위주로 채용했지만, 좀처럼 믿고 쓸 만한 사람이 생기지는 않았다. 그동안 많은 사람을 가르치고 회사의 중추로 키우는 데 성공했지만, 유일한과 그 외에 몇몇을 제외한다면 불안하기 그지없었다.

'잠깐, 키워? 나에게 충성이 아니고 회사에 충성이니까 충분히 능력을 인정해 주고 대접한다면 회사에 대한 애정 때문에 충성하겠구나! 그저 수용 범위를 넓히면 되는 거였어!'

이제까지는 폐쇄적으로 운영하던 느낌이 있었다면 이제는 대대적으로 개방해서 모두에게 기회를 주는 것이 인재 확보에 큰 도움이 될 것이었다.

"어이구!"

대찬은 자신의 생각이 짧았음을 깨달았다.

'왜 평사원을 제외한 수뇌부는 이제까지 폐쇄적으로 운영했지?'

많은 회사를 가지고 있었음에도 불구하고 간부들 중 타민족은 열을 넘지 못했다. 그나마 에릭의 추천이 없었더라면 에릭으로 끝났을 수도 있었다.

'여기는 미국이야!'

스스로 실수했음을 느끼고 전면 개방의 기치를 내걸고 한편으로는 충성심 있는 인재를 얻기 위해 대대적인 공개 채용 공고를 냈다.

－공개 채용 1기를 뽑습니다.

기수 문화를 만든 것이었다.

본래 기수 문화란 서열에 따라 승진이 결정되는 경직된 조직 문화를 일컫는 말이었는데, 대찬은 기수에 따라서 승진시킬 생각이 전혀 없었고 스펙 역시 별 관심이 없었다.

원하는 것은 충성심이 강하고 능력 있는 인재의 확보였다. 다만 기수를 만드는 것은 너무 분야가 다양한 사업체들끼리 교류를 강화시키고 동료 의식을 갖게 만들기 위함이었다.

공개 채용에 합격한 사람들은 신입 사원 교육이라는 명목하에 한곳에 모았는데, 실상 교육이라기보다는 앞으로 일할 사업체를 선정하기 위한 것이었다.

한 달 동안 사업체들을 설명해 원하는 곳에 배정하고 남는 시간 동안은 동기들끼리 교류하는 시간을 갖게 만들었다.

차별 없는 채용으로 신입 사원들이 집합하자 처음에는 여러 가지 피부색 문화, 민족이 달라 배타적이었던 분위기였다. 그러다 시간이 지나 모든 편견이 사라지자 서로를 이해하기 시작했다. 그러자 적극적인 문화 교류의 장이 되었는데, 그러한 분위기를 조성하니 특별한 리더십을 보이는 사람이 있었다.

이는 바로 보고가 되었고 대찬은 비서실로 배치했다.

"이름이 뭐라고?"

"앤디 E. 우드입니다."

"앞으로 잘 부탁하네."

비서실에 처음으로 타민족이 생기는 순간이었다.

인사를 마치고 덕원이 챙겨 준 서류를 읽어 보자 앤디의 약력이 적혀있었다.

"영국과 원주민 혼혈이네."

외모만 본다면 원주민이라는 것을 전혀 알 수 없었다.

"서류에 적혀 있는 스펙은 별거 없는데, 보고서는 극찬이니 지켜보면 알겠지."

비서실에 합류한 앤디는 서서히 자신의 능력을 보이기 시작했다. 그가 특히 잘하는 것은 사람을 대하는 것이었는데, 불만이 잔뜩 가진 사람이라도 앤디와 대화를 하기 시작하면 끝에 가서는 웃고 있었고 원만하게 교류가 이어졌다.

거기에다 능력 또한 부족한 점 없이 출중했는데, 몇 달 지나자 완벽하게 자리 잡아 가진 능력을 원 없이 보여 주었다. 시간이 지나자 덕원보다는 앤디를 찾는 일이 많아졌다. 그러자 대찬에게는 새로운 고민이 생겼다.

'이제 때가 됐는데, 덕원 씨를 다른 데로 보내면 앤디를 믿고 일을 할 수 있을까?'

비밀스럽게 처리해야 될 일과 광복군 관련된 일은 전적으로 덕원이 맡아서 처리하고 있었다. 그런 비서실장 자리를 앤디가 차지하게 된다면 앞으로 비밀스러운 일을 처리하는데 문제가 생길 것만 같았다.

"덕원 씨."

대찬의 부름에 덕원이 사무실로 들어왔다.

"찾으셨습니까?"

"자리에 앉아요."

"네?"

평소와 달리 앉으라는 말을 듣자 되물었다.

"앉아요. 이야기할 것이 있어요."

자리에 앉자 대화가 시작됐다.

"이제 때가 된 것 같아요. 덕원 씨도 전임자들처럼 사업체를 맡아야지요."

"아! 감사합니다."

"그런데 문제가 있어요. 아무도 모르게 덕원 씨가 하던 일을 앤디 씨가 할 수 있을까요?"

덕원은 순간 흠칫 몸을 떨었다.

"입이 무거운 사람이기는 합니다만……."

말끝을 흐렸다.

"흠……."

"제 생각입니다만 앤디 씨 능력이 출중해서 어느 정도 파악했으리라 생각합니다."

"그렇게 생각하는 이유가 있나요?"

"사장님 옆에 있다 보면 기밀 서류를 자주 접하게 됩니다. 특히 재무제표를 자주 보게 되는데, 아마 이상한 흐름을 파악했을 것 같습니다."

1차적으로 모든 서류는 비서실을 거쳤고 그다음 정리가 된 상태에서 대찬에게 건네졌다. 그러니 비서실에서는 자연스럽게 수많은 서류를 보게 되는 것이었다.

"그렇다면 후임으로서의 능력은?"

"전혀 의심할 것 없이 출중합니다."

"좋아요. 이만 나가 봐도 좋아요. 그리고 앤디 씨를 보내세요."

"알겠습니다."

덕원이 나가고 곧바로 앤디가 사무실로 들어왔다.

"저를 찾으셨다고요?"

"맞아요. 앉아서 이야기하지요."

덕원이 앉았던 자리에 앤디가 앉았다.

"일은 어때요?"

"아주 좋습니다."

"주변에서 칭찬이 자자해요."

"감사합니다."

"그래서 마침 비서실장 자리가 날 것 같아요. 그 자리를 앤디 씨가 맡아 주었으면 해요."

"정말입니까?"

동그랗게 놀란 눈을 하고 물었다. 생각보다 이른 승진이었기 때문이었다.

대찬은 고개를 끄덕였다.

"맞아요. 그런데 몇 가지 물어볼 것이 있어요."

"말씀하십시오."

"회사에 비밀스러운 일이 많아요."

"······."

묵묵부답.

이미 파악한 눈치였다.

"대충 아는 것 같은데, 비서실장 자리에 앉게 된다면 지금보다 훨씬 많은 정보와 회사 그리고 나의 비밀에 대해서 알게 될 거예요. 내가 앤디 씨를 믿어도 되나요?"

"혹시 나라에 해가 되는 겁니까?"

앤디의 질문에 아니라고 답하기가 애매했다. 이미 명건을 통해서 금주법에 반하는 일을 하고 있기에 해를 전혀 끼치지 않는다고 말할 수가 없었다. 그 밖에도 앞으로 무슨 일이 생길지 몰랐다.

"될 수 있으면 나라에 해를 끼치고 싶지 않군요."

대찬의 말은 사실이었다. 이왕이면 미국은 우방국으로 함께했으면 했고 특별한 이유가 없다면 척을 질 일도 없을 것이었다.

"그렇다면 하고 싶습니다."

눈에서 뜨거운 욕망이 보였다.

"좋아요. 동기들 중에 승진이 제일 빠르겠네요. 아울러 그렇게 한다면 원하는 것을 얻을 수 있을 거예요."

"열심히 하겠습니다."

대찬은 고개를 끄덕였다.

앤디는 기존 기밀 서약서보다 한층 더 엄격한 기밀 서약서를 새로 작성했고 덕원으로부터 모든 일에 대해 인수인계를 받기 시작했다. 그리고 모든 인수인계가 끝이 나자 덕원은 사업체 사정으로 발령받아 떠났고 앤디는 정식으로 비서실장이 되어 동기들 사이에서 빠른 승진으로 회자되었다.

대찬의 걱정과는 달리 앤디는 그 어떠한 흔들림 없이 대찬에게 믿음을 갖게 해 주었다.

내 삶은 그전까지만 해도 혼혈이라는 딱지에 능력을 보일 수도 그렇다고 누가 인정해 주지도 않았지만, 존 웨스턴 기업에 입사하면서부터 크게 달라지기 시작했다. 그 누구보다 빠른 승진과 기회는 새로운 삶을 제공해 주었고 크게 인정받게 되었다. 하지만 당시 비서실장 자리를 제의받았을 때는 존 회장이 그렇게 많은 비밀이 있는 사람이라는 것을 몰랐다. 알고 나서는 여러모로 고민하게 되었지만, 결국 나는 입을 다무는 것을 선택했다. 세상에서 나의 재능을 펼치게 해 준 사람이었기 때문이다.

앤디 E. 우드 회고록 中

관심

쇼핑몰이 흑자로 전환되기는 했지만, 그렇다고 많은 수익을 올리는 것은 아니었다. 갖가지 노력을 들인 것에 비한다면 크게 손해였지만, 쇼핑몰의 진가를 알아보기 시작한 사람들이 쇼핑몰을 중심으로 건물을 올리기 시작했다. 근거리에 문화, 쇼핑, 휴식까지 한꺼번에 원스톱으로 누릴 수 있다는 것이 이제 와서는 큰 메리트로 작용한 것이었다.

이로써 새로운 쇼핑몰을 만든다면 성공할 것이라고 소문이 돌았고 눈치가 빠른 사람들은 컨소시엄을 구성해 인구수가 많은 도시를 대상으로 쇼핑몰을 짓기 위해 서둘렀다.

"재주는 곰이 부리고 돈은 코쟁이가 벌겠네."

짜증이 나기는 했지만, 한편으로는 다른 생각이 들었다.

"크게 실패할 거야."

대찬이 경험한 쇼핑몰 산업은 현시대와 그다지 맞지 않는 다는 생각이 들었기 때문이었다. 효율적인 시스템이기는 했지만, 자신이 고생한 이유를 따져 보면 다른 쇼핑몰 성공이 쉽다는 생각이 들지 않았다.

똑똑

"들어와요."

앤디는 잔뜩 상기된 얼굴이었다.

"무슨 일 있어요?"

"유명 인사가 사장님을 뵙고 싶어 합니다."

"유명 인사?"

"네, 헬렌 켈러라고 들어 보셨습니까?"

시각, 청각 중복 장애인으로는 최초로 인문계 학사를 받은 사람이었다. 대찬 역시 헬렌 켈러를 잘 알고 있었는데, 어려서 위인전을 통해 익숙하게 접했던 이름이었다.

"알고 있죠. 그런데 그녀가 저를 보고 싶어 한다고요?"

"맞습니다! 꼭 만나고 싶어 하십니다."

역사 속의 인물이니 만나고 싶은 마음이 들었다.

"좋아요."

다음 날 약속된 장소에 가니 2명의 여인이 반갑게 맞이해 주었다.

"반갑습니다."

아메리칸
드림

헬렌은 어눌한 말투로 대찬에게 인사를 건넸다.

"저 역시 반갑습니다. 유명하신 분을 만나게 됐네요."

"안녕하세요. 저는 앤 설리번입니다. 잠시만 기다려 주세요."

인사한 앤은 헬렌의 손을 입으로 가져가 대찬이 했던 말을 반복해서 알려 주었다.

"존 씨 앞에서 어떻게 유명함을 자랑하겠어요."

간단한 농담과 함께 좋은 분위기가 만들어졌다.

"저는 일개 사업가입니다. 그런데 저를 만나고 싶어 하셨다고요?"

"네, 꼭 만나고 싶었어요."

"이유를 물어봐도 될까요?"

헬렌의 입이 열렸다.

"현실주의를 인상 깊게 읽었어요. 그래서 꼭 만나서 대화를 나누어 보고 싶었답니다."

"그 책을 읽어 보셨나요?"

"네, 저 역시 사회주의자이기 때문에 존 씨가 쓴 현실주의를 읽어 보지 않을 수가 없었어요."

대찬은 순간 얼음이 됐다.

'헬렌 켈러가 사회주의자였어?'

위인전에는 그 사람이 어떻게 극복해서 위인이 되었는지만 알려 주었지 그 사람의 정치적 성향과 가지고 있는 이념에 대해서는 설명이 부족했다.

'어떻게 처신해야 하지?'

사회적으로 대찬은 반쯤 사회주의자로 낙인찍혀 있었다. 그런데 헬렌 켈러와 만남을 가졌으니 어떤 반응을 일으킬지 예상이 되지 않았다. 분명한 것은 미국의 위인으로 알려진 사람이었지만, 그것은 훗날이고 당장은 장애를 가진 유명한 사회주의 여성일 뿐이었다.

'일단 답을 빠르게 하지 말아야겠다.'

최대한 답변에 대해 오해를 가지게 하지 않을 생각이었다.

"먼저 책을 읽어 주셔서 감사합니다."

"아니에요. 아주 좋은 내용이었어요. 그래서 몇 가지 물어보고 싶은 게 생겼어요."

"헬렌 씨가 무엇이 궁금하신지 저 역시 궁금하네요."

"사실 현실주의에서 사회주의의 궁극적인 목적은 기회의 평등이 원칙이 되어야 한다는 것이죠, 맞나요?"

"맞습니다. 기본적으로 모든 사람은 기회에 대해서 평등해야 한다고 생각합니다."

헬렌은 활짝 웃었다.

"그런데 소외된 계층이 있어요."

"소외된 계층요?"

"네, 저와 같은 장애를 가진 사람들이에요."

"무엇을 말씀하시는지 알겠습니다. 장애를 가진 사람들이 세상 속에서 받는 차별과 기회에 대한 평등을 얻지 못한다는 것 말이지요?"

"정확해요."

여기에 대찬은 해 주고 싶은 말이 있었다.

"사실 서부에 가면 어느 정도 그 평등이 이루어지고 있는 편입니다."

"네?"

"그러니까……."

의료 기술이 부족해 선천적인 장애보다 후천적인 장애가 생기는 것이 많았다.

예전 대찬이 장애인에 대한 문제로 고민할 때였다.

'이를 내가 어떻게 해 줘야 하지?'

생활비 지원을 해 주는 것은 쉬웠다. 하지만 근본적인 해결책은 아니었기에 어떻게든 사회의 구성원으로 살 수 있게 만들어 줘야 했다.

'북한처럼 만들 수는 없지.'

북한에는 장애인이 거의 없다시피 했다.

이유가 있었는데 북한에는 인권이라는 것이 존재하지 않았다. 아이가 세상에 태어나서 장애를 가지고 있다면 부모마저도 외면해 버리는 것이 현실, 막 태어난 아이는 그대로 매장해 버렸고 후천적 장애를 가지게 된다면 수용소로 보내 특별 관리라는 명목으로 결혼은 할 수 있지만 아이는 가질 수 없게 만들었다.

이런저런 고민을 할 때, 이은이 대찬을 찾아와 이렇게 말했다.

"조선이 백성들에게 크게 잘못했지만 그렇다고 꼭 나쁜 것만 있는 것은 아니군요."

이렇게 말을 꺼낸 이은은 조선의 장애인 역사를 알려 주기 시작했다.

세종 14년 8월 29일.

부모의 나이가 일흔이 된 사람과 독질篤疾이 있는 사람은 나이가 일흔이 되지 않았더라도 시정時丁(나이가 많은 부모를 봉양하기 위해 군역 면제)해 주었다.

또한 장애인과 그 부양자에게 잡역과 부역을 면제해 주었고, 정성껏 보살핀 가족에게 상을 주었으며, 장애인을 학대하는 자에게 가중처벌과 엄벌 그리고 장애인이 무고하게 살해당한다면 해당 고을의 읍호를 한 단계 강등했다.

이는 서양과는 반대되는 것이었는데, 아리스토텔레스는 '장애인을 육성하지 못하게 법을 제정하자.' 하였고 플라톤은 '장애인을 사회에서 격리하자.'고 말했다. 반면 복지 정책을 펼친 조선에는 점복사, 독경사, 악공 등 전문직 일자리를 창출해 내었고 장애인은 신분에 상관없이 능력 위주로 채용되었다.

그 결과 조선 초기 허조는 척추 장애를 가지고 있었으나 우의정과 좌의정을 지냈고 중종 때 우의정을 지낸 권균은 간질을 광해군 때는 지체 장애를 가진 심희수가 좌의정이 되는 등 조선의 역사에는 장애를 가진 사람이 많은 활약을 했었다.

심지어 황실 역시 장애를 가진 사람이 많았기에 장애에 대한 편견과 차별이 훨씬 덜하였다. 그래서 장애를 가지고 있음에도 능력을 발휘하여 공적을 세운 사람이 많았다. 다시 말해 과거 조선 시대의 장애인들은 오늘날과 달리 사회적 장애가 별로 없었다.

"다른 치들은 모르겠으나 우리 민족만큼은 전통을 지켜 가야 되지 않겠소?"

대찬은 고개를 격하게 끄덕였다.

"물론입니다!"

이러한 대화를 나눈 이후 한인들을 대상으로 이은은 교지를 내렸고 장애를 질병으로 규정, 사람들의 인식을 바꾸기 위해 노력했다.

대찬이 이러한 일들을 헬렌에게 이야기해 주자 그녀는 활짝 웃으며 말했다.

"한인들은 좋은 지도자를 두었네요."

"네?"

"기회가 된다면 황태자 전하도 만나 뵙고 싶어요."

"힘들 것 같네요."

"왜죠?"

"러시아에 가 계십니다."

"그래도 기회가 된다면 연락 주시겠어요?"

"그러도록 하지요."

후에는 사회주의 이념에 대해서 대찬과 토론을 나누었고 가능한 중립적인 입장에서 이야기하도록 노력했다.

"유익한 시간이었어요."

"저 역시 그렇게 생각합니다."

"다음에 또 뵈었으면 좋겠어요."

"기회가 된다면 그리하지요."

두 사람은 긴 시간 동안 나누었던 대화를 마무리하며 헤어졌다.

돌아가는 차 안에서 대찬은 헬렌과의 대화를 복기하고 있었다.

'어쩌면 장애는 정말 질병일지도 모르겠다.'

미래에서는 시각장애인이 앞을 볼 수 있는 기술을 개발해 내었고 생각만으로 움직이는 팔을 만들기도 했으며 하반신 마비인 사람이 걸을 수 있는 기계를 개발하기도 했었다.

'결국 인류가 발전하면 장애도 고칠 수 있는 질병에 불과한 거야.'

조상들의 현명함에 감탄했다.

시간이 지나 헬렌 켈러는 책을 한 권 저술했는데 장애인의 복지와 사회적 평등에 관련된 글이었다. 여기에는 상반된 서양과 동양의 이야기를 집중적으로 다루면서 증거와 함께 인류 역사와 사회에 장애인 역시 기여할 수 있음을 강조했고 평등하고 편견 없는 사회를 요구했다. 그리고 끝맺음 말에 이렇게 적혀 있었다.

-도움을 주신 존 D. 강 님과 대한 황실에 깊이 감사드립니다.

며칠이 지나고 대찬은 전화 한 통을 받았다.

-대찬아!

"누구?"

-나야 명환이!

"웬일이야? 사업한다고 바쁜 것 같더니."

-하하, 내가 아무리 바빠 봤자 너만 하겠냐?

"약 올리려고 전화한 거야? 끊는다."

-잠깐! 어휴, 저녁에 시간 돼?

"왜?"

-간만에 얼굴도 보고 식사도 하자.

"알았어."

만나기로 약속한 곳은 뉴욕에서 유명한 레스토랑이었다.

대찬이 들어가자 익숙하게 안내했는데 이미 몇 차례 방문했기에 그의 얼굴을 기억하고 있었고 명환이 미리 도착해 귀띔해 둔 것 같았다.

전용 룸으로 들어가자 명환이 인사를 건넸다.

"왔어?"

그런데 그 옆에는 달갑지 않은 인물이 같이 있었다.

"어, 안녕하세요."

"안녕하십니까? 그간 격조했습니다."

"그러네요."

당장에 돌아가고 싶었지만 아무 이유 없이 자신을 부른 것은 아닌 것 같았기에 일단 참고 자리에 앉았다. 그렇지만 불편한 것은 사실이었다.

"간단히 먹자."

긴 시간 동안 마주하고 싶지 않았기에 간단히 먹을 것을 제의했다.

"알겠어. 그런데 서 선생님이 너에게 하고 싶은 말이 있다고 해서 네가 불편해하는 거 알면서 자리를 마련했어. 그러니 조금만 이해해 줘."

"그래."

명환은 눈치를 보면서 대찬의 마음을 풀기 위해 노력했지만, 대찬이 받아들일 생각이 전혀 없었기에 쉽지 않은 일이었다.

아메리칸
드림

"하고 싶은 말이 뭔가요?"

"그게……."

"없다면 이만 가 보겠습니다."

"아닙니다! 제 이야기를 조금만 들어 주십시오."

들썩이던 자리에 다시 눌러앉았다.

"그러니까…… 사실 저는 조국의 미래에 대해서 낙관적이지 않았었습니다."

'조국이라…….'

눈앞에 있는 사내는 같이 일을 하던 중에 사람을 규합해 파벌을 형성하려 했었고 자신의 안위를 위해 사는 것 같은 분위기를 풍겼다. 그런 사람이 '조국'이라는 단어를 쓰자 일단 믿음보다는 거부감이 생겼다.

"계속하세요."

"그런데 제가 틀렸다는 것을 깨달았습니다. 그저 아이같이 현실에 대해서 외면하려고 했던 것이 그런 행동으로 연결된것 같습니다."

"저에게 그런 말씀을 하시는 이유가 뭔가요?"

사내는 크게 한숨을 쉬었다.

"돌이켜 보니 가장 후회할 행동을 했다는 것을 이제야 알았기 때문입니다. 늦었지만 정말 죄송합니다."

사과했지만 잃어버린 신뢰를 되찾는 것은 쉬운 일이 아니었다.

"무슨 말을 하려고 하시는지 알겠습니다. 하지만 저에게 사과하거나 뉘우친다고 해서 모든 일이 없어지는 것이 아닙니다."

"그럼 어떻게 해야 되겠습니까?"

"말이 많은 사람은 무엇이든지 입으로만 하려고 하지요. 자신의 뜻을 보이고 싶으시다면 말보다 행동을 먼저 보이면 되는 것 아닐까요?"

"알겠습니다. 그럼 나중에 다시 뵐 수 있었으면 좋겠습니다."

"그건 어떻게 행동하느냐에 따라 다르겠지요."

대찬은 명환에게 시선을 돌렸다.

"저녁 잘 먹었다. 다음에는 편한 자리에서 보자."

"으, 응."

대찬은 찬바람을 일으키며 자리에서 일어났다. 그리고 명환은 고개를 저었다.

"어휴, 무서워라. 서 선생님, 이제는 행동하셔야 될 때예요."

사내는 고개를 끄덕였다.

"어리석은 과거가 족쇄가 된 것 같습니다."

"믿습니다, 서재필 선생님."

명환은 서재필을 위로했다.

퀸샬럿제도에 주류 공장을 만들고 판매를 시작한 지 얼마
되지 않아 별명이 하나 붙었다.

'알코올 랜드.'

돈만 있다면 좋은 품질의 술을 얼마든지 구입할 수 있었고
어느새 주류 중개 장소가 되어 세계 각지의 술이 집합했다.

방문자가 거의 없던 예전과는 분명 다른 상황이었다.

명건이 처음 퀸샬럿제도에 주류 공장을 세우고 외부 유통
을 하지 않겠다고 선언하면서 판매량이 급격히 하락했었다.
하지만 찾는 사람들이 많아지고 대성공을 거두게 된 것은 이
유가 있었다.

퀸샬럿제도는 캐나다 영토였지만 현재는 대찬의 개인 할
양지였고 캐나다 법이 적용되지 않는 치외법권 지역이었다.

명건은 누구의 눈치를 볼 필요가 없으니 대량으로 술을 생
산할 수 있었다.

미국에서는 금주법으로 술의 가격이 계속해서 상승했고
가격이 올라가자 술에 장난을 치는 판매자들이 많아졌는데,
반면에 퀸샬럿제도는 술의 품질은 좋으면서 가격이 싸니 유
통만 해결한다면 더 많은 수익을 올릴 수 있었다.

돈만 있으면 퀸샬럿에서 쉽게 술을 구할 수 있다는 것은
한탕 해서 큰돈을 벌어 봐야 되겠다고 생각하는 사람들에게

는 굉장히 매력적인 일이었다.

그렇게 사람들이 모이기 시작하자 명건은 여기에 한 가지 생각을 더 했다.

'세계 각지의 술을 모아 보는 것은 어떨까?'

각자의 성향이나 취향에 따라 입맛이 다르니 여러 가지 술을 중개해 원하는 술을 구할 수 있는 장소를 만들어 주는 것이었다. 그래서 처음 섭외한 것이 러시아였다. 가까운 거리는 아니지만, 보드카를 구비해 놓음으로써 원하는 술을 구할 수 있다는 일종에 홍보였다.

점차 퀸샬럿제도에는 세계 각지의 술이 모이기 시작했고 결국 알코올 랜드라는 별칭까지 얻게 되는 계기가 되었다.

반대로 이렇게 되면서 문제가 하나둘 생겼다.

미국에서 힘 좀 쓴다고 하는 사람들이 죄다 모이기 시작하니 서로 은원 관계 때문에 으르렁거리기 일쑤였다. 툭하면 싸움에 심하면 살인까지 벌어지니 좀처럼 통제하기 힘들었다. 해결 방법을 고민하던 명건은 중립 지역을 선포했고 덧붙여 분란을 일으키면 두 번 다시 퀸샬럿제도에 출입을 금지시키겠다고 말했다.

그럼에도 불구하고 싸움은 끊임없이 일어났다.

탕.

오늘도 어김없이 총소리가 울렸다.

사람들을 으레 일어나는 일이려니 하고 곧 관심을 끊었다.

아메리칸
드림

"도저히 안 되겠어!"

명건의 인내심이 한계를 치달았다.

"애들 순찰시켜!"

순찰을 하게 되자 이상한 문제가 생겼다.

남의 싸움에 휘말려 부하들이 상처를 입기 시작한 것이다. 큰 사고가 나지 않은 것이 신기할 정도였다. 이것도 해답이 아니라는 것을 알게 되자 다음은 퀸샬럿제도에 들어오기 위해서는 무기를 휴대할 수 없다는 조항을 달았다. 무기 압수와 순찰 이 두 가지가 더해져 조용해질 것 같다고 예상했지만, 오히려 어떻게든 무기를 숨겨 들어오려고 휴대하기 간편하고 은밀한 무기를 만들어 내었다.

"결국 싸움이 문제라는 말이지?"

어떻게든 평화로운 곳을 만들고 싶었지만 싸움이 너무 많이 일어났다. 아직까지 대조직이 만들어지지 않았고 지역과 세력 다툼으로 마치 춘추전국 시대처럼 으르렁거리기 일쑤였다.

"좋아, 그럼 대놓고 싸워."

다음 지시는 싸움이 일어나면 준비된 링으로 밀어 넣어 버리는 것이었다.

공개적인 결투.

명건은 고개를 저었다.

"왜 처음부터 이 방법을 쓰지 않았을까?"

효과는 탁월했다.

모든 것이 공개적으로 이루어지자 이길 자신이 없으면 으르렁거리다 말거나 서로 신중해진 것이다. 기존에 싸움은 지더라도 핑계를 댈 수 있었지만, 준비된 링에서 공평하게 싸움이 일어나 지면 자존심과 명예에 금이 가기 때문이었다.

대신 싸움이 일어나면 큰 축제가 벌어진 것처럼 들끓었다. 술을 마시고 내기하고 싸움을 구경하며 환호하고 야유하는 등 일종의 스포츠 관람처럼 된 것이었다. 다만 싸움은 심하면 사망에 이를 정도로 그 수위가 대단했다.

인생에 자극이 없는 사람들은 이러한 일에 크게 중독이 되었고 심지어는 퀸샬럿에 도박장과 경마장까지 만들자는 요구가 이어졌다. 명건은 당연히 이를 수용하고 만들었다. 기본적으로 주류를 구하기 위해 온 사람들이기에 주머니 사정이 풍족했고 그들이 도박을 하면 수익의 일부를 명건이 차지하기 때문이었다.

이 모든 것은 대찬에게 보고가 되었다. 그리고 암호문으로 된 보고서를 받고는 어이가 없었다.

'무슨 마약왕이야?'

술을 팔아 돈을 벌 것이라는 처음의 생각과는 다르게 일이 이상하게 꼬이는 것 같았다.

'퀸샬럿제도에 있는 주민들하고 조선소가 엄청 걱정되네.'

몇 개의 섬으로 이루어져 있고 좁지 않은 지역이기에 아직까지는 문제가 없지만, 돌아가는 상황을 봐서는 언제 큰일이 일어나도 전혀 어색하지가 않을 것 같았다.

'술장사를 괜히 했나?'

많은 수익을 가져다주지만, 예상을 벗어나 어떻게 해야 할지 고민이 되었다. 이제는 물릴 수도 없는 상황이었다.

'일이 너무 커졌어. 만반의 준비해 놔야겠어.'

명건이 하고 있는 일과는 다르게 그 외에 모든 부분은 대찬의 소관이었으니 미리 준비해 둔다고 해서 나쁠 것이 전혀 없을 것 같았다. 먼저 명건과의 연결 고리에 대해서 나중에 어떠한 추궁을 받게 될지 모르니 거기에 대한 대비와 함께 조선소와 주민들의 안전에 대해서 철저하게 방비했다.

'그래도 안심이 안 돼.'

명건은 믿음직스럽지만 주로 거래하는 대상들이 언제 흉악하게 변할지 모르니 걱정이 태산이었다.

"사장님, 시간 되었습니다."

"벌써요?"

시계를 보니 다음 일정 시간이 되어 가는 것을 알 수 있었다. 지금 가지 않으면 일정에 차질이 생길 터.

"차 준비해 두겠습니다."

앤디의 똑 부러지는 행동에 슬며시 미소가 생겼다. 기존 비서들과 다르게 묻지 않아도 능동적으로 일을 처리했기에 대찬에 일일이 지시할 필요가 없는 최고의 비서였다.

행사장에 도착하자 제법 많은 사람이 자리를 채우고 있었다.

"오셨습니까?"

프랭크가 반갑게 맞이했다.

"그럼요. 오늘이 어떤 날인데요, 하하."

"기대하셔도 좋습니다."

표정은 이미 신난 아이였다.

잠시 후 본격적인 식이 시작되었고 프랭크는 준비된 단상에 올라 회장에 있는 사람들에게 인사를 건넸다.

"이번 발표에 참석해 주신 여러분들에게 깊이 감사드립니다. 이 행사를 마련한 이유는 앞서 말했듯이 한 가지 발표 때문입니다. 혁신적인 건축 기술의 발전과 함께 우리는 하늘에 가까워질 수 있게 됐습니다. 그래서 이를 현실화시키기 위해서 긴 준비 끝에 여러분께 선보일 정도가 됐습니다."

어떤 것을 보여 줄 것인지 호기심과 함께 관심이 집중되었고 프랭크는 분위기를 고조시켰다.

"자! 공개합니다."

회장에 검은 천으로 가려져 있던 것이 순식간에 화려한 조명을 받으며 실체를 보였다.

"세계 최고 높이를 가지게 될 120층 엠파이어 스테이트입니다!"

"엥?"

아메리칸
드림

화들짝 놀랐다.

'엠파이어 스테이트 빌딩이라고?'

대찬이 기억하는 엠파이어 스테이트 빌딩은 눈앞에 보이는 모습이 아니었다. 그런데 이름은 똑같았다.

'이건 무슨 운명의 장난이야?'

엠파이어 스테이트 빌딩이라고 불리기는 하겠지만, 그 앞에 존 웨스턴이라고 기명했다.

"하하."

생각지도 못한 생일 선물을 받은 느낌이었다.

'뭐 좋은 게 좋은 거지.'

이윽고 프랭크의 설명이 이어졌다.

"최대 높이 400m 이상입니다. 혹시라도 안전에 대해서 의심하시는 분이 계신다면 이 자리에서 공표하겠습니다. 단언컨대 안전에 대해 조금에 문제가 없으며 이 건물을 회사에서 개발한 신공법으로 지어져 강철만 약 8만 톤 정도 들어갈 것으로 예상됩니다. 그만큼 튼튼하고 안전한 건물이 될 것입니다."

사람들의 감탄과 함께 박수가 터져 나왔다.

발표가 끝이 나고 그 시간 후로는 파티가 진행되었는데, 대찬은 많은 사람에게 축하 인사를 받느라 정신이 없었다.

"휴, 이제 어느 정도 됐나?"

상대는 한 번이었지만, 여러 사람과 비슷한 내용의 인사를 한 대찬에겐 상당한 노동이었다.

"사장님은 어디서나 인기가 많은 것 같습니다."

"그러게요. 이놈의 인기가 참."

대찬이 너스레를 떨며 농담을 건네자 프랭크는 미소 지었다.

"그나저나 건물 이름을 왜 엠파이어 스테이트로 지었어요?"

"뉴욕 주를 별명 삼아 뭐라고 부르는지는 당연히 아시고 있잖습니까?"

"아, 그 뜻이었어요. 저는 별다른 뜻이 있는 줄 알았네요."

엠파이어 스테이트는 미국 뉴욕 주의 별명 중 하나로 가장 유명한 별명이었다. 19세기 후반부터 엠파이어 스테이트라는 이름은 뉴욕 주의 많은 건축물과 행사에 사용되었는데 그 유래를 알 수 없어 여러 가지 설이 난무했다.

"엠파이어라는 단어가 가진 의미가 너무나 대단했고 엠파이어 스테이트에서 제일 유명한 건물이 되라는 의미에서 엠파이어 스테이트라고 지었습니다."

대찬이 이름에 너무 의미를 둔 것이었다.

"알겠어요. 최고의 건물을 한번 만들어 봐요. 대신에 안전에 대해서는 최고로 신경 써 주세요."

"안전 역시 뉴욕에서는 최고일 것입니다. 걱정하지 않으셔도 됩니다."

"좋아요. 그런데 왜 본거지인 샌프란시스코가 아니라 뉴욕에 지을 생각을 한 거예요?"

"서부는 언제 지진이 일어날지 알 수가 없어서 조심스러웠습니다."

"아, 지진! 지진 하니까 생각나네요. 내진 설계에 대해서 연구는 잘되고 있나요?"

"연구는 하지만 아직 확실하게 검증되지 않아 조심스러운 면이 많습니다."

"사람의 생명과 연관된 일이니 확실하게 검증될 때까지 연구한 다음에 적용시키도록 해요."

"알겠습니다."

짧은 대화를 하고 두 사람은 서로 찾는 사람이 많아 다시 자리로 돌아가 여러 사람과 대화를 나누었다.

"응?"

잠깐 시간이 나 주변을 둘러보다 명환이 여러 사람에게 둘러싸여 이야기하고 있는 모습을 보았는데 주변에는 익숙한 얼굴이 보였다.

'서재필, 조병옥.'

특히 한동안 볼 수 없었던 조병옥은 컬럼비아 대학교에서 학업에 열중하고 있는 줄 알고 있었기에, 명환과 친분이 있었다는 점이 의외였다.

'이상하게 싸한데?'

심히 느낌이 좋지 않았다.

"강대찬 사장님?"

깊게 상념에 빠져 있다가 누군가의 부름에 급히 정신을 차렸다.

"아, 네. 그런데 누구시죠?"

모르는 얼굴이었는데 본명을 부르며 알은척했다.

"저는 이소요라고 합니다. 중국계 한인입니다."

"그러시군요. 반갑습니다."

"저야말로 영광입니다."

대화를 나누어 보니 이소요는 자신이 한인으로 불리는 것을 자랑스럽게 생각하는 것 같았는데, 절대 흔하지 않은 일이었다.

"이제까지 사업 이야기를 주로 했지만, 사실 한 가지 목적이 있습니다."

"목적? 그게 뭔가요?"

"만나 주셨으면 하는 사람이 있습니다."

"어렵지는 않은 일인데, 누구를 왜 만나야 되는지 알아야 될 것 같습니다."

지금과 같은 사교장에서 일회성 만남은 쉽지만, 따로 약속을 잡고 만난다는 것은 가뜩이나 부족한 시간을 쪼개야 했다. 그래서 아무 이유가 없다면 기회가 된다면 보지 일정을 바꿔 가면서 시간을 할애하고 싶지는 않았다.

"혹시 원세개 총통을 아십니까?"

"알고 있습니다."

"그럼 그분께서 조선인과 혼인한 사실은요?"

"그것까지는 모르겠습니다."

이소요는 고개를 끄덕였다.

"두 분 사이에 자제가 있으신데, 그분을 만나 주셨으면 합니다."

'내가 만나야 될 필요가 있나?'

대찬은 이유는 없지만, 본능적으로 꼭 한번 만나 봐야 되겠다는 생각이 들었다.

"좋습니다. 연락처를 주시면 일정을 잡아 연락드리지요."

"아, 감사합니다."

"그런데 소요 씨는 중국계 한인이라고 하셨는데, 본이 어디신지?"

"저는 엄밀히 따지면 제가 가지고 있는 혈통에는 단 한 방울의 한인 피도 섞이지 않았습니다."

"네?"

"그런데 제가 한인임을 내세우며 이렇게 자랑스러워하는 이유는 공주님께서 저에게 성씨를 하사해 주셨기 때문입니다. 조선에는 이렇다 할 연고는 없으나 어느 한 곳을 선택해야 한다면 한인으로 살고 싶습니다."

공주에게 충성심이 강한 것 같았다.

'그렇다면 원세개의 아들에게도 엄청 충성심이 강할 것 같네.'

흥미진진해지고 있었다.

잔뜩 잡혀 있던 일정을 미루고 시간을 만들어 소요에게 연락하니 흔쾌히 대찬의 일정에 맞춰 주었고 며칠 뒤 어느 호텔에서 만날 수가 있었다.

"기다리고 있었습니다, 들어오시지요."

객실에 들어가니 뚱한 표정을 하고 있는 사내가 소파에 앉아 있었다.

"왕야."

"제발, 그런 말하지 말아요!"

경기를 일으키며 황태자라는 단어에 거부감을 보였다.

'뭐야?'

의외의 상황에 대찬은 놓친 것이 없는지 골똘히 생각을 정리했다.

제위의 욕망이 있던 원세개는 스스로 황제가 되기 위하여 중화제국 제제운동帝制運動을 일으켜 칭제를 감행하였으나, 중국 전체에서 '토원討袁'의 깃발이 세워지자 이내 제위를 포기했다.

'아직 원세개의 지지 세력이 남아 있다는 건가? 확실히 흥미롭네.'

중국을 잘게 쪼개 놓는 것은 대찬의 큰 목표 중의 하나이
기도 했다.

회귀 전 중국은 인구수도 많을뿐더러 어느 시점에서 폭주
기관차처럼 성장하여 힘을 갖게 되자 주변을 압박했고 G2라
는 이름으로 불리며 공룡이 되어 미국과 힘겨루기를 하는 수
준까지 간 것을 경험했었다. 이에 한국의 미래를 대비하기
위해 중국을 조각낼 필요가 있었고 독립을 원하는 민족을 지
원해 현재는 위구르와 몽골이 독립해 중국과는 별개의 나라
가 되었다.

'그럼에도 불구하고 인구수가 너무 많아 이대로 두면 똑같
이 될 것 같은 게 문제지.'

어떻게 더 찢어 놓을 것인가를 고민하며 장개석과 모택동
을 이용할 생각까지 하고 있던 찰나에 새로운 패가 생긴 것
이었다.

"원극문입니다."

"저는 강대찬입니다. 반갑습니다, 극문 씨."

간단히 인사를 나누고 분위기가 데면데면해지려 하자 소
요가 나섰다.

"왕야께서는 조선 한성부가 고향이십니다."

"한성부가 고향인 것은 맞습니다. 하지만 어렸을 때라 전
혀 기억이 없습니다."

"하하, 저 역시 태어나기는 임실에서 태어났습니다."

"임실이 어딘지 모르겠군요."

"시골이니 모르시는 게 당연하지요."

"소요 씨가 대찬 씨를 만나야 한다고 하여 오기는 했습니다만 저는 도대체 이 상황이 이해가 되지 않습니다."

'일부러 모른 척하는 거야? 아니면 싫어서 이러는 거야?'

이유를 모르는 눈치는 아니었다.

"글쎄요. 저 역시 소요 씨가 극문 씨를 꼭 만나야 한다고 해서 부족한 시간을 쪼개서 온 것입니다."

대찬 역시 영문을 모르겠다는 뉘앙스로 말을 했다.

두 사람의 시선이 소요에게 향했다.

"하하, 저를 곤란하게 하시는 것 보니 두 분께서 마음이 잘 맞는 것 같습니다."

"자, 이제 설명해 주시죠."

"좋습니다. 여기서 숨길 이유가 없지요. 왕야께서는 어떠한 마음인지는 모르겠습니다. 하지만 중화 민족에 새로운 지도자가 필요합니다."

"허, 나는 할 생각이 없습니다!"

극문이 반발하고 나섰지만 소요의 입은 멈추지 않았다.

"왕야께서 선대를 이어 복위할 수 있는 기회를 가질 수 있고 대찬 씨는 이를 통해 원하는 것을 얻을 수 있습니다."

"원하는 거요?"

"중국의 분할을 원하는 것이 아니었습니까?"

대찬은 흠칫 놀랐다.

"그러한 생각을 하는 이유가 있나요?"

"당연하지요. 위구르와 몽골 그리고 몇몇 소수민족까지 지원하시지 않으십니까?"

"……."

대찬은 아무 말도 하지 않았다.

'어디까지 아는 거지? 만약 알고 있다고 해도 시인해서는 안 되지.'

"무슨 말인지 모르겠네요."

"뭐, 상관없습니다. 간단히 말하지요. 중화제국을 부활시킬 참입니다."

'고작해야 일 년 남짓 존재했던 중화제국을 되살리겠다고?'

속으로는 웃음이 나왔지만, 겉으로는 티를 내지 않았다. 그러고는 짐짓 진지한 척 질문을 건넸다.

"가능할까요?"

"그래서 도움이 필요한 것입니다."

"나는 하겠다고 하지 않았습니다!"

격렬히 반대했지만 소요는 크게 괘념치 않은 모습이었다.

'이제 대충 알겠네. 그러니까 권력을 원하는 사람이 원세개와 원극문을 핑계로 중화제국을 부활시키고 싶은 거네.'

그림이 그려졌다.

'흠, 조금 생각이 바뀌네.'

처음에는 원하는 방향으로 만들 수 있을 것 같았는데, 지금은 관여하고 싶지 않다는 생각이 강해졌다. 원극문의 반응을 보아 쉽게 해결될 일이 아닌 것 같았고 대찬의 마음도 살짝 께름칙해 이만 자리를 끝내고 싶었다.

"아직 내부 조율이 안 된 것 같네요. 그러니 더 이상 이야기할 건 없는 것 같습니다."

"아니……."

"다음에 기회가 되면 뵙지요."

매몰차게 객실을 나섰다.

돌아가는 차에서 대찬은 많은 생각이 들었다.

'당사자는 생각이 전혀 없는 것 같은데, 주변에서는 어떻게든 복위하게 만들려고 하다니.'

한편의 사극 드라마를 보는 것 같았다.

'결국 한인임을 자랑스러워하네, 어쩌네, 이런 건 다 쇼였다는 거지.'

한편으로는 아쉬운 마음이 들기도 했다.

'원극문이 적극적으로 복위를 주장했다면 북경을 중심으로 적당히 나라를 만드는 것도 좋았을 것 같은데, 마침 모계가 한인이니 상당히 우호적일 수도 있었고.'

하지만 싫다는 것을 억지로 권하고 싶지 않았다.

'근데 그 께름칙한 느낌이 뭐였을까? 뭔가 놓치고 있었던

것 같았는데 말이야.'

계속 생각해도 도통 알 수 없으니 머리만 아팠다.

'어차피 상관없나?'

대찬의 손에서 떠난 일이었다.

쇼핑몰을 목적으로 만들어진 컨소시엄에서는 인구수가 많
은 지역을 집중적으로 하나둘씩 개장하여 영업을 시작했다.
이들 중에서는 성공한 쇼핑몰이 있는가 하면 반대로 쫄딱 망
한 쇼핑몰 역시 있었는데, 여기에 대해서 대찬이 깊은 관심
을 가지고 있기 때문에 전부 다 보고가 되었다.

"확률이 절반이나 되네?"

기껏 성공해 봐야 3분의 1이 성공하면 꽤 선방이라 생각했
던 것보다는 높은 성공률이었다. 성공적인 수익을 올리고 있
는 쇼핑몰에는 공통점이 있었다.

"인구수와는 별개로 중산층이 많은 지역이 성공했네."

대찬의 만든 쇼핑몰은 그 개념이 사람들에게 익숙하지 않
아 버벅거린 감이 있다면 현재 생기는 쇼핑몰은 대찬으로
인해 사람들이 확실하게 인식하고 있는 점이 또 다른 점이
었다.

"결국 남 좋은 일 했네."

심통이 났지만 익히 예상했던 일이 일어난 것뿐이었다.

"이제 쇼핑몰이 갈렸으니 다음 사업을 진행해 볼까?"

대찬은 실패한 쇼핑몰 중에서 최대한 인구수가 많은 지역에 지어진 쇼핑몰을 골라서 싼 가격에 구입을 추진했다.

그 가격에는 팔 수 없다며 강짜를 부린 업체가 있었지만, 가지고 있으면 적자가 누적되니 결국 대찬이 원하는 가격에 살 수 있었고 이렇게 싸게 사들인 쇼핑몰은 새롭게 구상한 계획대로 구조 변경을 실시했다.

쓸모없는 구조물을 치우고 최대한 간결하고 일정한 구획을 만들어 간단한 단상을 만들어 놓았다. 다음으로는 신문에 광고를 실시했다.

–새롭게 단장한 쇼핑몰에 여러분을 초대합니다. 누구든지 등록만 하면 종류 불문 자유롭게 물건을 판매할 수 있습니다.

쇼핑몰은 방문객이 많을수록 매출이 오르는 게 당연했다. 반면 방문객이 적어 수익이 낮으니 최대한 방문객을 끌어 들일 수 있는 방법이 필요했다.

기존 판매되고 있는 상품의 경쟁력이 약하니 '프리마켓'을 통해서 소규모 상인들에게 장사할 수 있는 기회를 주고 그들의 상품을 통해 경쟁력을 올리고 만물상 같은 느낌을 갖게 만든다면 절로 방문객이 늘어날 것이다.

"그리고 프리마켓의 상품은 가격이 싸니 경제적으로 여유가 부족한 사람들의 구매력도 상승하게 만들 수 있다."

야심 차게 죽은 쇼핑몰 살리기 계획은 순조롭게 진행됐다.

프리마켓에 입주한 대다수는 이주민 여성들이었는데, 일자리를 찾기 어렵고 기존에 하던 일이 가내수공업 위주였기에 물건을 만들어서 프리마켓에 판매대를 얻어 장사를 시작했다. 하지만 방문객이 적기에 장사가 잘되는 것은 아니었고 마수걸이도 못 하는 경우가 태반이었다.

조금씩 변화가 생기기 시작한 것은 매일 장사를 하기 위해 프리마켓에 참가한 사람들 때문이었다. 매일 방문하다 보니 서로 친분이 생기게 되고 어떠한 물건을 파는지 가격이 얼만지를 알게 됐다. 이어 서로 거래한 뒤 집으로 돌아가서는 동네 사람들과 이러한 정보들을 나누기 시작한 것이었다.

"프리마켓의 상품들의 가격이 무척 싸고 품질이 좋다."

이러한 입소문이 나기 시작하면서 조금씩 방문객이 늘어나더니 몇 달이 지나자 발 디딜 틈이 없는 곳으로 변모하게 됐다.

동시에 대찬에게는 기분 좋은 보고가 올라왔다.

"매출이 비약적으로 상승하고 있습니다."

프리마켓의 효과로 입점해 있는 매장의 매출이 상승하기 시작한 것이었다.

'이번에는 계획대로 됐다.'

싸게 사들인 쇼핑몰이 연일 대박을 치기 시작했다. 이에 확장할 필요성을 느끼고 매출이 좋지 않은 쇼핑몰을 더 사들이기 위해 지시를 내렸으나 아무도 판매하지 않았다.

"어휴, 그새 따라 하다니."

매출이 좋지 않았던 쇼핑몰들이 일제히 대찬을 벤치마킹해 똑같은 시스템으로 운영을 시작했다.

"그럼 이번에는 반대로 한다!"

부유층이 많이 사는 지역을 선정해서 최고급 럭셔리 쇼핑몰 건설을 지시했다.

"제일 비싼 것만 팔 거야."

부자들은 저마다 다른 취미가 있었다. 그렇지만 공통되는 취미가 하나 있었는데, 바로 세상에서 가장 특별한 것을 수집하는 것이었다.

세상에서 하나밖에 없고 나만 소유하고 있는 것.

돈으로 무엇이든 살 수 있지만, 세상에서 하나밖에 없다면 오로지 나만 가지고 있는 것이었고 그것을 통해 즐거움을 느꼈다.

그들의 속성을 알고 있었기에 대찬은 건물이 올라가기 전에 파티에 참석해 새로 계획하고 있는 쇼핑몰에 대해서 살짝 흘렸고 뉴욕 최고급 쇼핑몰은 상류층 사이에는 큰 이슈가 되었다.

가장 비싸고 하나밖에 없는 물건들만 판매한다는 것은 부자들의 심심한 생활에 큰 활력소가 되었기 때문이었다.

"잠깐! 소더비! 크리스티!"

두 기업은 세계 경매 시장의 양대 산맥이었다.

"흐흐흐, 까짓 나도 하지!"

경매에 부칠 만한 물건은 대찬의 개인 창고에 엄청나게 쌓여 있었다. 주로 한국의 유물이었지만, 이것을 팔 생각은 눈곱만큼도 없었고 주로 중국의 보물이나 이제까지 모아 온 유럽의 보물이 그 대상이었다.

아까운 생각이 들어야 되지만 오히려 더 흥분되었다.

"경매 회사가 명성이 쌓이면 얼마나 많은 보물이 나한테 입수될까?"

상상만 해도 기분 좋은 일이었다.

당장 뉴욕에 괜찮은 건물을 하나 구입해서 존 웨스턴 경매 회사를 만들었고 적당한 보물을 선정해 상류층들에게 홍보를 시작했다.

대찬이 경매 물품으로 내건 것은 중국의 고미술품이었는데, 의외로 구경하기도 힘들고 구하기는 더더욱 어려운 아시아의 보물들이 큰 화제가 되었다.

아직까지 아시아에 대한 환상이 가득했기에 첫 번째 경매는 대성공을 거두게 됐다.

소수의 상류층들 사이에서 값비싸고 특별한 물건을 판매하는 경매는 갖가지 의뢰가 들어왔다. 이에 두 곳으로 나눠 몇 가지 기준을 만들었는데, 밤 경매에서는 최고의 물건이 아니라면 의뢰를 받지 않았고 낮 경매는 밤보다 기준이 낮기는 했지만, 마찬가지로 기준에 도달하지 못하면 단호하게 의뢰를 거절했다.

　대신 대찬은 거절당한 물건에 대해서 목록을 만들어 따로 보고받았는데, 현재는 값어치가 없지만 미래에 엄청난 가격을 가질 보물을 선점하고 싶은 욕심이 있었기 때문이었다. 그렇게 해서 건진 물건이 카스파르 다피트 프리드리히의 '극지 해'와 '무너진 희망'이라는 그림이었다.

🎩

　3.1 운동 이후 연해주를 중심으로 항일 독립 전쟁 분위기가 고조되면서 임시정부도 독립 전쟁 의지를 천명하는 등 조국광복을 위한 다방면에 걸친 민족 역량 결집에 나섰다. 이념과 사상에 상관없이 하나로 통일된 광복군은 예전과 달리 연신 목소리를 높였고 특히 국내 진공은 매일 큰 화두였다.

　"국내 진공은 도대체 언제 하는 겁니까?"

　"이전에도 똑같은 이야기를 하지 않았습니까? 아직 때가 아닙니다."

　매일 같은 이야기의 반복이었다.

　"이미 광복군도 10만을 넘어섰습니다. 지금이 때가 아니라니요? 지금보다 더 좋은 때가 또 있겠습니까?"

　"국경을 봉쇄하고 있는 일본군의 숫자도 물경 5만 가까이

아메리칸
드림

됩니다. 그것뿐입니까? 일본 본토와 중국에 있는 군대 그리고 해군은 어떻게 해결할 것입니까? 진공한다고 해서 독립할 수 있다는 보장이 없습니다."

일본 역시 광복군의 사정에 대해서 첩보를 통해 대략적인 정보를 알고 있었고 대응하기 위해 한반도 내에 여러 가지 장치를 해 두었다.

보통은 1개 군에 1개의 경찰서를 두는 것이 일반적이었으나 국경 3도에는 함경북도 11개 군에 경찰서 19개, 파출소 6개, 주재소 130개, 출장소 42개소를 두었다. 함경남도에는 16개 군에 경찰서 20개, 파출소 6개, 주재소 180개, 출장소 12를 설치하였다. 평안북도 19개 군에는 경찰서 24개, 파출소 5개, 주재소 195개, 출장소 84개를 설치했다. 특히 연해주 국경선에는 10리마다 주재소 또는 파출소를 하나씩 설치하고 4~10인의 경비 경찰관을 배치하여 철두철미하게 관리했다.

군을 제외하고 배치한 경찰 인력만 5천 명이 넘었다.

"답답한 소리 그만하고 어떻게든 하루라도 빨리 독립을 쟁취해 내야 되지 않겠습니까?"

"나 또한 답답합니다. 여기 계신 분들 중 어느 누가 독립의 염원을 이루고 싶어 하지 않겠습니까?"

매일 똑같은 설전만 오갔다.

"허, 이래서 어느 세월에 독립하고 또 어느 세월에 일본을 징벌할 수 있을지 모르겠습니다. 그날이 오기는 하는 겁니까?"

"그래도 전보다 상황이 많이 좋아지지 않았습니까?"

그동안 가장 많이 바뀐 것은 무기였다.

속속 개발되어 연해주에 보급되기 시작했는데, 광복군 전용 소총이 생겼고 탄약도 넉넉하게 보급되고 있었다. 그리고 나홋카의 사건으로 바다를 지키기 위한 잠수함도 개발되어 최근 배치되었다. 덕분에 바다를 감시, 정찰할 수 있게 되었다.

"계속해서 더 좋아질 것입니다."

"좋습니다. 광복군의 방침을 알겠습니다. 대신 국내에서 의병 활동을 하는 것을 막지는 마세요."

"약속할 수 없습니다."

광복군의 수는 많이 늘었지만, 여전히 한 사람이 귀했다.

"도대체 이것도 안 된다, 저것도 안 된다. 광복군은 군대입니다. 뭐라도 해야 될 것 아닙니까? 그리고 채응언 의병장은 되고 왜 나는 안 되는 것입니까?"

광복군 진영에서 가장 자유로운 사람을 꼽으라면 단언 채응언이었다. 꾸준히 국내외를 오가며 활동을 하고 있었는데, 한 번은 이상설이 이렇게 물었다.

"의병 활동 그만하시고 광복군에 합류하여 미래를 대비하시는 것이 어떻겠습니까?"

경험이 많고 기발한 생각으로 작전을 짜는 능력이 탁월했기에 혹시라도 변을 당할까 봐 불안한 마음에 물었다. 이에 채응언이 크게 웃으며 답하기를.

"내가 살아 있는 사람처럼 보입니까? 나는 그날 죽었습니다."

형무소에서 탈출하던 날을 들먹이며 그만둘 생각이 없음을 단호하게 밝혔다.

그러나 이상설은 왜 채응언이 국내에 계속해서 들어가는지 알고 있었다. 박용만의 시신을 찾기 위해서였다.

일본군은 죽어서도 무릎 꿇지 않고 두 눈을 부릅뜬 채 꼿꼿하게 서 있는 모습을 보고 은폐하기 위해 제일 먼저 박용만의 시신을 숨겼다. 그리고 아무에게도 알려 주지 않고 은밀하게 묻었다.

이 모든 것이 자신의 탓이라고 느낀 채응언은 죽어서라도 편하게 해 주어야 한다는 생각으로 박용만의 시신을 찾고 있는 것이다. 의병 활동을 우선으로 하고 있었지만, 항상 시간을 쪼개 시신을 찾기 위해 동분서주하고 있었다.

사람들은 모든 상황과 이유를 알고 있으면서도 채응언을 들먹였다.

"답답한 것은 알겠습니다. 하지만 최근 일본군의 대응이 너무 민첩해서 잠깐 활동을 멈추자는 것은 동의하지 않았습니까?"

"그 잠깐이 벌써 몇 달이 지났습니다!"

회의장이 웅성대며 사내의 말에 동조했다.

"맞습니다. 당장 진공을 하지 않더라도 이대로 소강상태
가 지속되어 상황이 고착화되면 우리에게 좋을 것이 없습
니다."

"하지만……."

또 갑론을박하며 설전이 시작되었다.

짝짝.

안중근은 박수를 쳐 분위기를 환기시켰다.

"여러분이 어떠한 생각을 하시는지 잘 알겠습니다. 그리고
제 의견은 활동을 더 이상 늦춰서는 안 된다는 겁니다. 다만
현재 육지는 위험하니 다른 방법을 제의하겠습니다."

"어떤 방법입니까?"

"잠수함을 이용해 보는 것이 어떻겠습니까?"

"잠수함 말입니까? 바다에서 활동하자는 것입니까?"

"반은 맞고 반은 틀렸습니다. 잠수함의 장점은 바다 밑으
로 잠수할 수 있는 것 아니겠습니까? 그러니 잠수함을 통해
서 의병 활동을 할 분들을 안전하게 국내로 보낼 수 있을 것
같습니다."

국경선은 봉쇄되었으니 안전하지 않았고 안전하게 가려면
만주 북쪽을 통해야만 했다. 그런데 최근 배치된 잠수함으로
적은 인원이나마 해상 수송을 할 수 있는 능력이 생겼다. 안

중근은 이를 적극적으로 이용하고자 했다.

회의는 안중근의 뜻대로 잠수함을 통해 국내를 들어가는 것이 골자가 되었다. 다만 수송 능력이 그리 좋지 않으니 적은 인원으로 활동해야 하는 것은 감내해야만 했다.

뒤끝

　자중하라는 워런의 전언을 받고 한동안 오하이오에서 숨
죽여 지내던 에디는 시간이 지나기만을 기다렸다.

　"가만두지 않겠어!"

　장밋빛 미래를 그리며 화려하게 뉴욕에 입성했지만, 동양
인 사업가 때문에 상황이 묘하게 꼬였다. 그래서 그는 잔뜩
앙심을 품고 있었고 사람들의 기억이 잊히기 시작할 무렵 다
시 뉴욕에 재입성할 기회만 엿보고 있었다.

　워런은 한창 영토 순방 중이었고 그로 인해 시선이 점점
자신에게서 멀어지는 것을 알았다.

　"다시 가기는 해야 되겠는데, 그놈은 어떻게 처리하지?"

　이미 한차례 겪었기에 똑같이 행동한다면 같은 일을 되풀

이할 뿐이었다.

거기에다 전과는 다르게 돈이 전부가 아니었다. 자신이 경험한 수치심과 모멸감을 그대로 되갚아 주어야지만 성미가 풀릴 것 같았다.

에디는 먼저 탐정을 고용해 대찬의 모든 것을 의뢰했고 다음으로는 오하이오 갱이라고 불리는 집단의 친구들에게 공권력을 동원하여 원하는 때에 압박할 수 있게 만들어 달라 부탁했다.

이러한 정황은 대찬의 귀에 들어가게 되었다.

찜찜하거나 불안한 마음이 들면 항상 사람을 붙여 감시하고 동태를 파악하기 위해 애썼다. 에디 역시 대통령의 측근이라는 이유로 어영부영 끝이 났고 보통 주제 파악 못 하는 사람들이 어떻게든 해코지하려 한다는 것을 몸소 체험한 바 있기 때문이었다.

대찬이 세운 대책은 PMC였다.

PMC의 주목적은 전쟁과 전투였지만, 현재는 탐정 사무소라는 이름이 붙어 있었기에 정보 집단으로서의 역할도 있었다. 1차적으로는 탐정 사무소를 이용했지만, 정확한 정보를 입수하려면 내부에 침투해 첩보 활동을 할 사람도 필요해 에디를 선인들까지 투입해 철저하게 이중으로 감시하고 있었다.

"미쳤네."

여전히 정신 차리지 못하고 다시 덤빌 준비를 하는 것을 보고 황당한 마음이 컸다.

"그런데 권력이 참 어렵네."

대찬의 정보를 수집하는 일은 사전에 차단하고 거짓 정보를 주어 교란할 수 있었다. 하지만 단 하나 마음대로 할 수 없는 것이 있었다.

권력.

현 대통령 워런의 내각에는 오하이오 갱의 여러 멤버들이 참여하고 있었다. 그러니 이들이 작정하고 권력을 휘두른다면 딱히 막을 방법이 없으니 난감했다.

"결국 모든 것을 무마시키려면 로비하는 수밖에 없다는 건데."

이 방법을 선택한다면 결국 에디에게 지는 것이었다.

"절대 싫어!"

남은 방법은 하나뿐이었다.

"앤디!"

대찬의 큰 소리에 앤디는 헐레벌떡 사무실로 뛰어 들어왔다.

"네!"

"지금부터 정부 기관의 모든 조사에 대비하세요."

"모든 정부 기관 말입니까?"

"맞아요. 절대 먼지 하나라도 나오면 안 돼요."

"그럼 기밀 서류 전부 소각, 소멸하고 몇 번씩 검토하겠습니다."

이번만큼은 절대 지고 싶지 않은 대찬의 선택은 정공법이었다.

얼마 뒤 대찬과 에디는 원치 않은 만남을 하게 됐다.

"그동안 잘 지낸 것 같습니다?"

에디가 아니꼬운 말투로 포문을 열었다.

"나보다는 공기 좋은 곳에 있는 분이 더 잘 지냈겠죠."

"덕분에 푹 쉬다가 왔습니다. 그런데 말하는 것을 보니 좋은 쪽으로 생각한 것은 아닌 것 같습니다?"

"나야 항상 긍정적으로 살지요. 혹시 부처라고 알고 있습니까?"

"부처? 그게 뭐요?"

"불교라는 종교가 있는데, 깨달음을 얻어 마음이 넓어지면 성불한다고 하지요. 그리고 성불한 사람을 보고 부처라고 하지요. 그런데 요즘은 내가 부처가 아닌가 싶네요."

"하하하."

에디는 웃기만 했다.

"후회하지 마시오."

"두고 보면 알겠지요."

두 사람이 떠난 자리에는 조금의 온기도 없었다.

에디의 보복은 곧바로 진행되었고 먼저 경찰이 나섰다.

존 웨스턴의 표식을 달고 있는 모든 차량에 검문검색이 실시되었고 가져다 붙일 수 있는 모든 명목을 붙여 철저하게 훼방 놓았다.

"내륙 지방으로 운송하던 어패류가 다 상해 버렸습니다."

"금지 품목이라며 압수했습니다."

이유를 들어 보면 황당하기 그지없었다.

그뿐만 아니라 직원들도 피해를 입기 시작했다.

피부색으로 인한 인종차별부터 시작해서 아무 혐의나 뒤집어씌운 다음 경찰서 유치장에 수감시키고 하루나 이틀 뒤에 풀어 준다든지 부릴 수 있는 온갖 행패를 다 부렸다.

다음으로는 국세청을 동원해 업무를 마비시키고 무언가 수사할 것이 있다고 소환하며 여러 사람을 힘들게 만들었다. 막상 가면 계속 기다리게 하고 조사받게 되면 시간만 질질 끌었다.

미리 준비해 놨기에 아무 문제가 생기지는 않았지만, 정신적으로 피폐해져 가고 있었다.

'어쩌지?'

이쯤 되면 끝까지 가 보자는 것 같았다.

'그냥 적당히 먹이고 끝내? 아니야 이만큼 와서 적당한 게 어디 있어 뿌리째 뽑아 가려고 하겠지.'

타협하는 것은 물 건너간 상황이었다.

'죽여?'

제일 쉽고 간단한 일이었다.

다만 마음에 걸리는 것은 현직 대통령의 친구라는 것이었다.

뒷감당할 수 있을지 고민해 봤다.

'아마 안 될 거야.'

머리가 아팠다.

"어휴."

한숨이 터져 나왔다.

'괜한 짓을 했나?'

호구 짓 하기 싫어 단호하게 반응한 것이 너무 오기를 부린 것이 아닌가 싶었다.

'예전과는 다른 위치라서 너무 자만했나?'

나름대로 컸다고 생각하고 있었기에 너무 무기력한 자신의 모습이 싫었다.

혼자 고민하고 있는 사무실에 앤디가 급하게 들어왔다.

"무슨 일이에요?"

"사장님, 큰일 났습니다."

"그러니까 무슨 큰일요?"

"항간에 이상한 소문이 떠돌고 있습니다."

"소문?"

"네, 사장님이 공산주의 프롤레타리아 혁명을 준비하고 있답니다."

"허."

허탈한 음성이 끝나기도 전에 몇 사람이 예고도 없이 대찬의 사무실에 들이닥쳤다.

"존 D. 강 씨 맞습니까?"

"맞습니다. 누구십니까?"

"이거 받으시오."

종이 한 장을 건네주었다.

적혀 있는 세 글자를 보고 대찬은 이마를 짚었다.

–청문회.

"참석하지 않으면 어떻게 될지는 잘 알고 있을 것이라 생각하오."

협박 투의 말을 남기고 나가 버렸다.

"도대체 저들은 어떻게 이렇게 쉽게 들어온 거야?"

화가 치솟아 언성이 높아졌다. 그때야 경호원이 대찬의 사무실로 들어왔다.

"사장님. 죄송합니다."

"어떻게 된 겁니까?"

"워낙 대규모 인원이 와서 감당할 수가 없었습니다."

상황이 파악이 됐다.

대찬은 분노로 온몸이 부들부들 떨렸다.

    사실 에디 브룩스라는 사람은 스스로 가지고 있는 능력은 보잘것없었고 그렇다고 권력을 가지고 있는 것은 아니었다.

    하지만 그에게는 권력을 가지고 있는 친구들이 있었는데, 현 대통령인 워런 하딩을 필두로 내무부 장관 앨버트 B. 폴, 법무부 장관 해리 도허티 등이 있었고 이들과 폭력배들 사이에 중개인 역할을 하던 이들까지 오하이오 갱들의 힘은 의외로 대단했다.

    대찬의 공작으로 활개 치던 뉴욕을 떠나 오하이오로 돌아갈 수밖에 없었다. 하지만 에디는 돌아가 자중하라는 언질을 받았을 뿐 어떠한 법적인 조치를 받지는 않았고 그저 오하이오로 돌아가 이를 바득바득 갈며 때를 기다리고 있었다.

    시간이 지나고 친구들과 연락하며 다시 활동할 동태를 파악했고 때가 되자 대찬에게 복수할 계획을 세웠고 먼저 내무부 장관인 앨버트에게 전화를 걸었다.

    ―에디?

    "그래, 날세."

    ―무슨 일인가?

    "무슨 일이겠나? 이제 나도 움직여야 되지 않겠나?"

    ―하기야 시간이 많이 흘렀지.

    "그래서 말인데, 날 좀 도와주게나."

    ―도와 달라니?

    "그 괘씸한 놈 있잖은가?"

-누구를 말하는 건가? 혹시 존 웨스턴 그룹?

"맞네."

-이 사람 아직 정신 못 차렸나? 워런이 내버려 두라고 하지 않았는가?

"물론 말은 그렇게 했지 하지만 잘 생각해 보게, 그놈 어차피 동양인 아닌가?"

-자꾸 돌려 이야기하지 말고 속 시원하게 이야기해 보게.

"먼저 처리하고 워런에게 말한다면 이해할 것 아닌가?"

-음, 확실하지는 않지만 아마 그럴 것일세.

"그러니 재빠르게 처리하고 다 같이 나누세."

-계획은 있나?

"하하, 물론이지 내가 누구라고 생각하나?"

-하하, 알겠네. 자네를 믿지.

"그리고 여러 사람을 참가시키고 싶은데 자네 생각은 어떤가?"

-내가 내무부 장관일세. 그런데도 부족하다고?

"그놈이 엄청 영악하더군. 그래서 확실히 하고 싶네."

-흠흠, 그럼 파이가······.

"하하, 그런 문제라면 걱정하지 말게 내가 더 챙겨 주겠네."

-뭐 그렇다면야······.

에디는 이런 식으로 자신의 인맥을 총동원해서 대찬을 철저히 압박할 준비를 했다.

한편 대찬은 골치 아픈 일이 계속되고 있었다. 회사 직원들을 대상으로 묻지 마 폭행이 생기기도 했고 강도를 당하기도 하는 등 우환이 끊이지 않았다.

"경찰에 국세청에 사건 사고, 청문회라니 미치겠네."

공화당 사무실을 찾아가도 기다리라고 이야기만 할 뿐이었고 개인적으로 워런과 연락을 취해 보려고 해도 전국 담화 순회를 돌고 있기에 연락이 되지 않는다는 이야기만 들었다.

"에디가 야료를 부리고 있어."

잔뜩 안개가 낀 형국이었다. 한치 앞도 보이지 않는 상황에서 어떻게든 돌파구를 만들어야만 했다.

"답, 해답이 필요해."

한참 방법을 찾고 있던 중에 전화기가 울렸다.

따르릉.

"여보세요."

-날세.

반가운 목소리였다.

-고생이 많다지?

"벌써 소문이 났나요?"

-그래. 왜 연락을 주지 않았나?

"글쎄요."

대찬은 권력을 막기 위해서는 또 다른 권력이 필요하다는 생각을 했다.

─쯧, 여전하구먼. 뭐든지 혼자서 해결하려는 버릇은.

"하하, 네, 뭐."

입에서 멋쩍은 웃음소리가 나왔다.

─그렇게 남을 못 믿으니 주변에 인재가 없는 것이기도 하다네.

항상 인재가 부족한 것을 꼬집어 말했다.

─다시 원점으로 돌아가서 아무래도 우리가 나서야 되겠네.

"네?"

─권력에 의해서 기업이 무너진다면 그다음은 누구 차례일 것 같나?

선례가 있으면 다음은 쉬운 법이었다.

"아!"

─이해했나 보구먼.

"감사합니다."

─그리고 민주당에 전화해 보게. 아마 기다리고 있을 걸세.

"알겠습니다."

전화를 끊고 대찬은 안도의 한숨이 나왔다.

"하늘이 무너져도 솟아날 구멍이 있다는 것은 이런 건가?"

꼼짝없이 당했다고 생각하고 있었던 상태에서 가뭄에 단비 같은 소식이었다.

다음은 존의 말대로 민주당에 전화를 걸자 내색은 하지 않았지만 반기는 기색이 역력했다. 많은 이야기를 하지는 않았지만, 상황을 자세히 알고 있었고 도움을 주겠다고 약속했다. 민주당에서는 많은 정치자금을 지원했던 대찬의 이탈을 굉장히 아쉬워했기 때문이었다.

재벌들과 민주당에서 대찬을 지원하기 시작하자 상황이 좋아지기 시작했다.

정치인들 중 재산이 많은 사람은 별다른 타격이 없지만, 재산이 많지 않은 의원들과 당에서 일하는 당원들 그리고 당의 활동 자금이 필요했는데, 재벌들이 일시에 지원을 끊어 버리자 자금이 마르기 시작했다.

그리고 민주당에서는 눈에 불을 켜고 공화당의 꼬투리를 잡기 시작했고 경찰과 국세청을 대상으로 개입하기 시작하자 대찬에게 가해지던 일방적인 공격들이 느슨해지기 시작했다.

상황이 변하자 에디는 다른 수를 쓰기 시작했다.

중개인들을 통해 한층 더 폭력적인 방법으로 대찬을 압박한 것이었다. 상황을 이해한 민주당이 나서서 경찰을 압박했지만, 경찰은 어찌할 바를 모르고 양쪽의 눈치만 보면서 미온적인 태도를 보였다.

'경찰을 움직일 수 있는 방법이 필요하다!'

방법을 생각하다가 대찬은 스스로 자책하게 되었다.

'이런 바보! 미디어를 두고 왜 고민하는 거야!'

애당초 미디어를 통해 여론 몰이를 했으면 이런 상황까지 오지 않을 수도 있었을 것 같았기에 스스로 멍청함을 크게 탓했다.

"앞으로는 두 번 다시 이런 식으로 당하지는 않는다."

여러 가지 억울한 사건 사고와 암살당할 뻔한 일들까지 두루두루 겪었지만, 표적이 되어 다방면에 공격해 오는 것을 경험하는 처음이었기에 미숙하고 미흡한 점이 많았다.

반성을 마친 대찬은 본인이 소유하고 있는 라디오를 시작으로 우호적인 신문사까지 최대한 동원해서 자극적인 기사를 보도하기 시작했다.

─뉴욕 치안에 구멍이 뚫리다! 이대로 괜찮은가?

사실 그대로 보도하기보다는 사실을 과장해서 언제든지 누구에게든 일어날 수 있는 끔찍한 일로 포장하자 사람들의 반응이 대단했다.

지극히 일반적인 시민을 대상으로 일어나는 끔찍한 범죄에 대한 대대적인 보도는 사람들에게 공포감을 심어 주기는 충분했다.

여기에 사람을 동원해 경찰서 앞에서 피켓을 들고 시위를 지시했다.

이에 미온적인 태도를 고수하고 있을 수만은 없었던 경찰은 범죄와의 전쟁을 선포하고 치안 유지에 최선을 다하겠다고 약속했다.

"좋아, 그렇다면 이번에는 청문회를 뒤집어야지."

청문회를 통해 프롤레타리아 혁명을 지지하는 사회주의자라는 오명을 뒤집어 씌워서 사회적으로 몰락을 시키려는 계획을 망쳐 놓을 필요가 있었다. 더군다나 비공개 청문회이기에 대찬이 어떠한 말을 하더라도 자신들의 원하는 방향으로 단정 지어 버릴 가능성이 충분했다.

존 웨스턴의 존 사장은 프롤레타리아 지지자?

모일 모일 존 사장의 비공개 청문회 날짜가 정해졌다.

단독 입수한 정보에 의하면 청문회를 하는 이유가 존 사장이 프롤레타리아 지지자이기 때문이라고 한다. 기자는 여기에 이상한 점을 느꼈다.

이유는 바로 현실주의를 펴낸 사람이 존 사장이기 때문이다.

사상과 이념에 관심이 있는 사람이라면 사회주의 서적은 필독서처럼 여기며 꼭 한번은 읽기 마련이다. 그런데 언젠가부터 항간에 떠도는 말은 시작은 마르크스주의로 시작하되 끝은 현실주의로 끝내라는 말이 생겼다.

왜 그럴까?

현실주의는 지극히 현실만을 바라보며 일반적으로 생길 수 있는 오류에 대해서 요목조목 따져 놓은 글이기 때문이다.

그렇기에 프롤레타리아 혁명을 반란이자 쿠데타로 표현했고 사회를 바꾸기 위해서는 대화를 통해 조율하는 것을 첫 번째로

꼽는다.

자, 나는 묻는다.

과연 존 사장은 프롤레타리아 혁명가인가?

나는 아니라고 본다.

청문회를 할 수는 있다. 그런데 왜 비공개로 하는 것이며 그렇게 많은 명목 중에 왜 하필 프롤레타리아 혁명을 주제로 청문회를 하는 것인지 의아할 따름이고 이에 대해서 청문회 관계자들은 대답해야 한다고 생각한다.

　　　　　　　　　　　자유의 여신이 굽어보고 있는 뉴욕에서.

자극적인 제목만 보고 기사를 읽던 사람들은 청문회의 진정한 목적에 대해서 의구심을 갖기 충분했고 사회주의당 역시 크게 반발하기 시작했다. 처음에는 마르크스주의로 인해서 프롤레타리아가 정답이라고 생각했던 사회주의자들은 대찬이 현실주의 펴냄과 동시에 현실주의를 중심으로 미국에서 정당 중에 하나로 인정받아 활동할 수 있었는데, 만약 대찬이 프롤레타리아 사회주의자로 낙인찍힌다면 모든 명분을 잃게 되는 것이었다. 그렇기에 즉각적으로 대찬의 구명 운동이 시작되었다.

"존은 프롤레타리아 지지자가 아닌 현실주의의 일인자이다. 그러니 현재 진행되는 청문회의 주제는 맞지 않는 일이며 청문회를 하더라도 공개적으로 진행하라!"

뉴욕은 매일 시장통을 방불케 했다.

에디는 자기 뜻대로 돌아가지 않는 상황에 잔뜩 화가 났다.

쾅!

"이런 젠장! 고작 원숭이 하나 처리하는 일이 왜 이렇게 토 다는 인간들이 많아!"

씩씩거리며 애꿎은 책상을 두들겼다.

따르릉.

"누구야!"

─날세, 앨버트.

"후, 짜증 내서 미안하네."

─그건 그렇고 이제 어떻게 할 생각인가?

"어떻게 하다니? 이제 와서 포기할 생각이야?"

─상황이 너무 좋지 않다는 것은 자네도 느끼고 있을 것 아닌가?

"그래서 어떻게 하자는 건가?"

─일단 멈추고 상황을 진정시킬 필요가 있다고 보네.

"멈추자고? 어떻게?"

이대로 가면 절대 원하는 것을 얻을 수 없음을 느끼고 있었다. 하지만 자존심 때문에 계속해서 일을 진행하고 있었다.

─청문회를 취소하고 다음 기회를 노려보는 것이 어떻겠나?

"다음 기회를 노리자고? 허, 자네는 다 포기할 생각인가?"

─그럼 도대체 어떻게 하자는 건가?

"한 번도 아니고 두 번째네. 이대로 물러서는 건 체면이 말이 아니야."

─체면? 체면이라고 했나? 자네를 무시하는 것은 아니지만 이대로 가면 워런에게 체면 때문에 일을 이렇게 만들었다고 말할 수 있겠나? 그리고 워런의 체면은?

"그럼 내가 어떻게 했으면 좋겠나?"

─미안한 말이지만 존에게 가서 미안하다고 사과 한번 했으면 좋겠네. 지금 공화당 꼴이 말이 아니야.

"뭐라고! 사과?"

─어휴, 화내지 말고 듣게. 지금 공화당에 모든 지원이 끊겼다네. 다른 것은 다 무시하고 넘어갈 수 있지만, 공화당의 자금이 마르는 것은 정말 좋지 않은 일이야.

"다 좋아. 자네 말대로 이쯤에서 접고 포기할 수 있어. 하지만 사과라니?"

─그러니 잘하지 그랬나? 아무튼 꼭 사과해야 하네. 그래야지 모든 사태가 원만하게 끝이 날 수 있어. 이만 끊네.

앨버트는 더 이상 통화하고 싶지 않은 듯 전화를 끊었다.

"젠장!"

다시 폭발한 분노를 풀 길이 없었다.

"뭐? 사과? 이대로 물러서?"

눈빛이 스산하게 변했다.

"원숭이한테?"

에디는 다시 전화기를 들고 어디론가 전화를 걸었다.

에디는 잘나가는 친구들을 두었지 스스로 힘은 아주 미약하다는 것을 잘 알고 있었다. 그래서 호의호식하기 위해서는 친구들의 의견을 따라 주어야 했다.

그런데 친구들이 대찬을 표적으로 하는 공격이 실패한 상황이니 더 이상 돌이킬 수 없을 때까지 가서 워런이 나서기 전에 깔끔하게 정리하길 원했다.

상황이 이러니 에디 혼자서 할 수 있는 일이라고는 대찬에게 사과하고 다시 오하이오로 돌아가 침묵하는 것이었다.

원숭이라고 비하하며 하찮게 여기던 존재에게 두 번이나 물을 먹자 자존심은 많이 상했다. 그래서 해코지를 하고 싶지만 여기서 어떠한 행동을 취한다면 에디의 입지는 그대로 몰락할 것이었다.

다른 선택지는 없었다.

"사과? 까짓 해 주지!"

"불안한데?"

일순간 잠잠해졌다.

그동안 괴롭게 진행되던 집요한 공격들이 일순간에 멈췄

고 마치 폭풍 전야 같은 고요함은 무언가 큰일이 일어날 것
만 같은 예감을 주기에 충분했다.

"사장님!"

앤디가 급하게 대찬을 찾았다.

"무슨 일이에요?"

"쇼핑몰에 불이 났다고 합니다!"

이것을 시작으로 실시간으로 안 좋은 소식이 계속 이어졌
다.

"엠파이어 스테이트 빌딩 건설 현장에서 불이 났습니다!"

"뉴욕 모아나 호텔에서 불이 났습니다!"

뉴욕에 있는 사업체 대부분에서 화재가 발생했고 이는 절
대로 자연스러운 현상이 아니었다.

"하, 이건가?"

정체 모를 불안감이 실체를 보였다.

계속해서 경과가 보고되고 있던 중 앤디가 하얗게 질려 대
찬의 앞에 섰다.

"또 어디에요?"

"손님입니다."

"손님? 정중하게 사과하고 다음에 보자고 전해 줘요."

"그게…… 에디 브룩스입니다."

대찬의 이마에 핏줄이 섰다.

"들여보내요."

"네."

잠시 후 에디는 뻔뻔하게 입가에 미소 지으며 대찬의 사무실로 들어왔다.

"오랜만입니다."

"웬일입니까?"

"하하, 우리 사이에 묵은 감정을 털어 내기 위해서 왔습니다."

능글맞게 웃으며 묵은 감정을 운운하니 대찬은 에디의 입을 찢어 놓고 싶었다. 하지만 최대한 속내를 감추며 표정 관리를 하기 위해 애썼는데, 당장은 에디를 비호하는 세력이 있기 때문에 뜻대로 처리하기에는 시기상조였다.

"묵은 감정요?"

"그동안 일은 미안하게 됐습니다."

"다인가요?"

"하하, 그러니 앞으로는 서로 얼굴 붉힐 일이 없었으면 합니다."

"그러도록 하지요."

"존 씨는 제가 할 말이 없습니까?"

"제가 무슨 할 말이 있겠습니까?"

"제가 이렇게까지 말했는데, 존 씨는 저에게 사과하지 않는군요. 안 좋은 감정은 서로 쌓인 게 있으니 생기는 것 아니겠습니까? 하하."

'이런 개새끼가!'

속에서 별의별 쌍욕이 다 튀어나왔다.

겉으로는 내색하지 않고 담담하게 말했다.

"혹시 인생사 새옹지마라는 말을 아십니까?"

"새옹지마? 무슨 뜻입니까?"

"인생에 있어서 길흉화복은 항상 바뀌어 미리 헤아릴 수가 없다는 뜻입니다."

"허, 나를 협박하는 겁니까?"

"설마 그럴 리가 있겠습니까? 일단 저에게 악감정이 있었다면 사과드립니다."

"하하, 쉽게 갈 수 있는 것을 존 씨는 어렵게 가시는 경향이 있는 것 같습니다. 충고하는 것이니 가슴에 깊이 새겨 두었으면 합니다."

"하하, 그러도록 하지요."

"자, 그럼 우리 사이는 해결된 것이지요?"

에디는 손을 뻗어 악수를 청했다.

어쩔 수 없이 손을 마주 잡았는데 순간 온몸에서 벌레가 기어다니는 것 같은 끔찍한 소름을 경험했다.

에디가 떠나고 홀로 남은 대찬은 분통이 터졌다.

"이런 씨발 놈, 내가 절대 잊지 않는다! 내가 절대로 가만히 두지 않아!"

펄펄 뛰며 쌓인 분노를 어떻게 해결해야 될지 갈피를 잡지 못했다.

며칠 뒤 화재를 조사한 결과 추정 피해액은 엄청났는데, 이는 화재로 인한 손실과 영업 손해 금액까지 포함한 금액이었다.

한바탕 일을 치르고 나자 뉴욕에 대한 정나미가 뚝 떨어짐을 느낀 대찬은 당분간 샌프란시스코에 있는 것이 좋을 것같아 방향에 대해서 지시를 내리고 가족들과 함께 서부로 돌아갔다.

샌프란시스코 외곽에 위치한 대찬의 저택.

익숙한 광경이 보이자 대찬은 마음이 편안해졌다.

"오랜만이네요."

뉴욕에 있는 동안에는 대찬 혼자서만 왔다 갔다 했기 때문에 엠마가 샌프란시스코에 온 것은 상당히 오랜만이었다.

"돌아가고 싶어요?"

"아니에요. 우리가 시작한 곳이 여긴걸요."

엠마가 뉴욕 생활에 흠뻑 취해 있었기 때문에 계속해서 마음에 걸렸었는데, 개의치 않아 하는 모습에 대찬은 마음이 놓였다.

그렇게 한동안 유유자적 시간을 보내고 있다 보니 생각할 시간이 넘쳐 났다.

"그동안 참 바쁘게 달려왔네."

어린 시절 아무것도 없는 상태에서 운 좋게 참치를 낚으면서 모든 것이 시작되었다.

"우여곡절이 많았는데, 그래도 운이 좋았나? 그나마 순조롭게 여기까지 왔네."

생각해 보면 인종차별을 많이 당한 것도 아니었고 사업하다 막히는 부분이 있으면 귀인이 나타나 일을 쉽게 만들어줬고 목표로 했던 영토들도 얻을 수 있었다.

"그놈만 아니었으면 주적은 일본을 제외하고는 없었던 것같네."

에디를 생각하자 속이 부글부글 끓었다.

"후우, 릴렉스, 릴렉스."

다시 폭발할 것 같아 애써 다른 생각을 계속했다.

"사업은 이만하면 된 것 같고 마지막으로 대공황을 어떻게돌파할 것인가가 중요하네."

처음에는 쉽게 생각했다.

자금을 모아서 대공황이 시작되면 필요한 사업체를 다구매한다. 그리고 그것을 기반 삼아 전쟁을 수행하고 그 이후 광복된 조국을 발전시킨다.

아주 간단한 계획이었는데 지금의 시각으로는 대공황을이용할 수 있지만, 자칫 잘못하면 대찬 역시 대공황의 여파로 쓰러질 수도 있겠다는 생각이었다.

"내수 시장이 활성화가 되지 않으면 자금이 마를 수도 있다."

그러다 보니 공룡 기업을 인수했을 때 대공황을 벗어날 수 있을 만큼의 자금이 있지 않으면, 모든 것이 무너질 수도 있다는 새로운 가설이 생겼다.

'다행히 주류로 인해서 비자금이 쌓이고 있다.'

불법적인 자금이었지만 가장 위험한 순간이 꺼낼 수 있는 패가 생겼다는 것에 안심할 수 있었다.

"문제는 그 범위가 얼마나 되느냐는 것이지."

그때가 되면 최대한 내수 시장을 활성화시킬 수 있는 방안이 필요했다.

"대공황에서 일어날 수 있는 일들을 예측해 보면 과잉 생산을 하는데, 물가 상승은 꾸준한 반면 임금은 오르지 않아 그만큼 소비력이 줄어드니 물건이 팔리지 않고. 그래서 고용주 입장에서는 손해를 줄이기 위해서 그만큼 인원을 감축해야 하니 일자리가 부족해진다."

실제로 대공황이 시작되자 상점과 공장에는 팔리지 않는 물건들이 잔뜩 쌓였는데, 거리에는 굶주린 사람들이 쓰레기통을 뒤지며 돌아다녔다. 실업자로 전락한 가난한 노동자, 농민, 소시민 들은 날마다 일자리를 요구하며 시위를 벌였다.

"내가 노력한다고 해서 해결될 일이 아니야."

대찬은 회사마다 노조를 만들도록 지시했고 노조 대표들과 해마다 임금 협상을 통해 적정하게 임금을 상승시켜 주었지만, 사회적으로는 노동운동을 탄압했고 대찬을 지켜보는 수많은 사업가들은 대찬이 멍청한 짓을 한다면 조롱했다.

그런 이야기를 측근들에게 들을 때마다 대찬은 코웃음 치며 이렇게 말했다.

"소비자가 없으면 장사할 필요가 있나? 나는 아무리 써도 내 돈 다 못 쓰는데, 내 직원들은 금방 쓰잖아. 내가 조금 덜 갖더라도 직원들이 더 쓰고 사는 것이 더 좋지 않을까?"

대찬은 기업의 매출 이익의 상당 부분을 직원들에게 상여금으로 지급하고 나머지를 매출 이익으로 신고했다. 그렇게 직원들의 월급을 많이 주고 세금을 적게 내는 방향으로 운영했다. 그래서인지 대찬의 기업은 항상 노동자들에게 인기가 많았다.

"흠, 내수 시장 활성화 방안이라."

연구를 시작하면서 기존에 쓰려고 했던 자본주의 서적 집필에도 속도가 붙기 시작했다. 그동안 어떤 방향으로 써야 될지 감을 잡지 못하다가 생각할 시간이 많아지자 어떤 것이 이상적이고 현실적인지 명확하게 보이기 시작한 것이었다.

자유방임적 자본주의는 개인의 경제활동의 자유를 최대한으로 보장하면 '보이지 않는 손'에 의해 부의 공정하고 효율적인 배분도 실현된다는 것이다. 미국은 이 자유방임주의의 표본이었는데, 모든 것은 보이지 않는 손이 결정하기에 모든 것이 불투명하고 불공평했다.

즉, 모든 것은 시장을 좌지우지할 수 있는 고용주들이 원하는 방향으로 되는 것이다.

대찬은 이런저런 문제점을 적나라하게 꼬집어서 집필을 계속 진행했다.

한창 자본주의 서적을 집필하고 있는데 방문객이 찾아왔다.

"사장님, 오랜만에 뵙습니다."

"아, 박사님, 정말 오랜만이네요. 그간 잘 지내셨어요?"

"하하, 그럼요. 매일 흥미로운 일이 가득합니다."

"하하, 다행이네요."

"사실 오늘 찾아온 것은 보고드릴 일이 있기 때문입니다."

매튜가 보고를 하는 것은 크게 몇 가지 되지 않았다.

"한글 표기법이 정리된 건가요?"

"아닙니다. 그것은 조금 더 시간이 걸릴 것 같습니다. 한글 학자들끼리 의견이 분분해서 많이 진행되었지만, 오늘은 다른 이야기입니다."

"뭔가요?"

"예전에 고서적에서 가림토문이라는 글자를 발견했고 그것을 연구하겠다고 하지 않았습니까?"

"맞아요. 그게 문제가 있습니까?"

"가림토문이 한글과 비슷하고 유사성을 가진 것은 사실입니다. 그런데 무언가 이상한 점이 많습니다."

"이상한 점이 많아요?"

"네, 연구하면서 느낀 것 중에 첫 번째로 이상한 점은 한글과 똑같이 쓸 수가 있습니다. 여기서 의문점이 생겼습니다. 왜 한인들은 한글과 똑같은 가림토문을 쓰지 않고 한글을 쓰고 있을까요?"

읽는 방법과 사용 방법이 비슷한 문자였다. 그래서 그대로 사용하면 될 문자를 왜 계속 쓰지 않고 한글을 사용하는지 이해가 되지 않았다. 유럽의 문자 같은 경우 라틴어로 시작되어 여러 가지 국가에서 각기 다른 방법으로 발전했다.

가림토문과 한글과 비슷한 점은 많았지만 왜 그대로 사용하지 않고 한글이라는 다른 방법으로 발전되었는지 이해가 되지 않았다.

"그리고 다음으로는 일본의 신대문자입니다. 이 신대문자를 연구해 보니 가림토문과 비슷합니다. 그런데 일본은 왜 이토록 편한 글자를 두고 지금과 같은 불편한 글자를 계속 사용할까요?"

마찬가지 이유로 일본이 비효율적인 지금의 문자를 채택하고 있는지에 대한 의문이었다.

"마지막으로는 가림토문에는 몇 가지 허점이 있습니다."

"허점이 있다고요?"

"그렇습니다. 한글로는 표현되나 가림토문으로는 표현이 되지 않는 글자들이 있습니다. 그래서 제 생각으로는 한글과 연결하기에는 무리가 있다는 판단입니다."

"그럼?"

"자료가 부족하여 뭐라 판단을 할 수가 없습니다. 그런데 개인적인 사견으로는 누군가 그럴듯하게 장난친 느낌입니다."

"그럴듯하게 장난친 것 같다고요?"

"그렇습니다. 그리고 무언가 더 연구할 수 있는 자료가 수집되지 않는 것도 이상합니다."

"무슨 말인지 알겠어요. 확실하게 연구해서 진실을 밝혀 주세요."

"물론입니다. 그게 저의 역할이니까요."

응징

대찬이 샌프란시스코에 돌아와서 뉴욕에 있던 일을 잠시
잊고 속을 다스리기 위해 노력했지만 한 번씩 생각이 나면
가슴이 답답해 미쳐 버릴 것만 같았다.

'별 볼 일 없는 놈한테 된통 당했어.'

골똘히 복수할 방법을 생각해 보니 몇 가지 답이 나오기는
했지만 그다지 현명한 방법이 아니었다.

첫 번째는 암살, 가장 간단하고 명쾌했다. 하지만 사람을
죽인다는 것에 께름칙했다.

'약간 모순적인가?'

알게 모르게 직간접적인 대찬의 행위로 죽은 사람들이 있
었다. 그렇기에 스스로 상당히 모순적이라는 것을 느꼈지만,

생각을 행동으로 옮길 수는 없었다. 가장 큰 이유는 대찬에게 찍히면 사람을 보내 생명을 위태롭게 한다는 이미지가 생기기 때문이었다. 대찬은 대기업의 총수이지 불법 조직의 대부가 아니었다. 더군다나 몇 년 사이 에디와 불편한 관계인 사람은 대찬이 전부이니 좋은 방법은 아니었다.

다음으로는 여론 공작으로 몰락시키는 것이었다.

'이것도 못해.'

공격을 막아내기 위해서 여론을 형성해 공화당이 그렇게 한 것처럼 만들었기 때문에 새로운 정보를 대중에게 공개한다는 것은 앞으로 공화당과 원만한 관계를 포기하는 것이었다. 코끼리와 비견될 정도로 공화당의 힘은 막강했으니 좋은 방법이 아니었다.

"아! 미치겠네."

히죽대던 에디의 얼굴이 뇌리에서 잊히지 않았다.

답답해 죽을 것만 같은 시간이 계속되던 어느 날 기사 하나가 대서특필되었다.

−순방 중이던 대통령 '워런 G. 하딩' 샌프란시스코에서 멈추다!

대통령으로는 처음으로 국가를 가로질러 캐나다와 알래스카를 방문했다. 그런데 너무 무리한 것일까? 기차가 시애틀을 지나갈 때 하딩은 몸에 이상을 호소했고 진단한 의사들이

폐렴에 걸렸다고 보고해 치료를 위해 샌프란시스코에서 순방을 멈췄다.

그러나 며칠 뒤 다시 한 번 워런 하딩의 기사로 신문은 몸살을 앓았다.

-8월 2일 현직 대통령 워런 G. 하딩 서거.

기사를 읽자마자 대찬은 온몸을 부르르 떨었다.

"하하하."

미친 듯이 웃음이 났다.

"앤디!"

"네, 사장님."

"당장 탐정 사무소에 연락해서 에디 브룩스를 추적하라고 하세요. 절대! 놓쳐서는 안 됩니다."

워런 하딩이 죽고 나자 너무나 당연하게 부통령인 캘빈 쿨리지에게 소식이 전해졌다. 그는 고향의 아버지 집에서 잠을 자고 있다가 대통령이 되었다는 소식을 들었고 잡화 가게 계산대에서 취임 선서를 하였다.

그 후, 바로 워싱턴으로 향했고 그가 처음으로 시작한 일은 부패 관리 축출이었다.

먼저 전 대통령 워런 G. 하딩의 포커 친구로 내무부 장관까지 오른 앨버트 B. 폴과 하딩의 후원자로 정치 중개인에서 법무부 장관까지 오른 해리 M. 도허티를 해임했다.

하딩은 대통령 재목과는 거리가 먼 인물이었다. '나는 대통령직에 적합하지 않은 사람이다. 이 직책을 맡아서는 안 된다.'고 고백했을 만큼 정치적 야심은 둘째 치고 대책 없이 무능하고 무식하기 짝이 없었고 연설도 형편없었다. 게다가 도박, 여자, 술을 즐겼고, 골프광이었다.

이런 그를 대통령으로 만든 이가 바로 정치 기획가인 해리 도허티다. 일찌감치 정치권의 계파 갈등의 틈새시장을 간파, 꼭두각시로 적합한 하딩을 대통령으로 내세운 혜안으로 도허티는 하딩 행정부의 법무부 장관에 기용됐다.

도허티와 더불어 오하이오 갱으로 불리는 대통령의 절친들도 골고루 요직에 임명되었다. 친구이자 뉴멕시코 출신 상원의원이었던 앨버트 폴을 내무부 장관에, 막역한 포커 게임 동료였던 찰스 포브스를 재향군인 회장에 앉혔던 것.

그러다 보니 당연히 문제가 생길 수밖에 없었다.

제일 먼저 터진 비리 스캔들의 주인공은 재향군인 회장 포브스.

그는 보훈 병원 건립 예산으로 배정된 수백만 달러를 횡령하는 등의 비리를 저질렀다. 이어 막후에서 무소불위의 권력을 휘두르던 법무부 장관 해리 도허티가 제1차 세계대전 기간 중 미국에서 압류된 독일 재산을 반환하는 과정에서 부정에 연루되었다는 사실이 폭로되었다. 포브스는 다른 국가로 망명해 달아났고 도허티는 간신히 기소는 면해 자신의 자리를 유지했다.

오하이오 갱들이 출연한 비리 종합 세트의 압권은 내무부 장관 폴이 주연한 '티포트 돔' 스캔들이다. 미 해군은 1914년부터 와이오밍 주의 티포트 돔과 캘리포니아의 엘크힐스에 연방 원유 저장고를 설립, 운영하고 있었다. 그런데 폴이 연방 원유 저장고의 소관을 자신의 부처로 이관시킨 뒤, 수십만 달러치 뇌물을 받고 민간 업자들에게 티포트 돔의 석유 굴착권을 넘겨 버렸던 것이다.

외에도 많은 사실이 밝혀지면서 캘빈 쿨리지의 부패 척결은 순풍에 돛단 듯이 진행되었다.

에디는 워런의 사망 소식을 듣자마자 덜컥 겁이 났다.

자신을 보호해 주던 방패막이 없어진 것이다.

"젠장! 이럴 줄 알았다면 워런에게 한자리 맡게 해 달라고 부탁할 것을!"

스스로 힘이 없었기에 힘 있는 다른 친구들이 부러웠다.

"이제 어떻게 되는 거지?"

돌아가는 상황에 대해서 최대한 민첩하게 반응할 필요가 있었다.

"특히 원숭이 놈! 어떻게든 복수하려 들 텐데."

그러면서도 크게 걱정하지는 않았다. 아직까지 힘을 가진 친구들이 많이 있었기에 충분히 구명줄이 될 수 있다고 생각한 것이었다. 하지만 캘빈 쿨리지가 부패 척결을 들고 오하이오 갱들의 모든 비리를 조사하기 시작하고 연일 시끄러운 기사가 터지자 에디는 불행한 미래를 예감했다. 신문 어디에도 자신의 이름은 나오지 않았지만, 조금씩 자신에게 다가오기 시작한 것을 느낀 것이다.

"포브스, 망명했지! 나도 가야겠다."

에디는 당장 미국을 떠날 준비를 했다.

이 모든 것은 대찬에게 실시간으로 보고되고 있었다.

"……해서 모든 재산을 정리하고 있습니다. 그리고 은밀하게 영국 대사와 접촉해서 떠날 준비를 서두르고 있는 것 같습니다."

"떠나려고 한다?"

"그렇습니다. 이미 포브스라고 해외로 망명한 사람이 있어 그것을 그대로 따라 하려는 것 같습니다."

어이가 없었다.

'약삭빠른 사람이네. 하기야 그러니까 나를 표적 삼아 공격한 것이겠지.'

대찬의 위치는 확고한 것 같지만, 한편으로는 애매하기 그지없었다. 아직까지만 해도 흑인 하면 노예라는 이미지가 지워지지 않은 시대였다. 다행히 동양인에 대한 막연한 환상으

로 나은 대접을 받기는 했지만 어디까지나 일반적인 것이었
고 무한한 자신감과 우월주의로 똘똘 뭉친 상류층 사람들이
보기에는 거기서 거기였다. 그랬기에 대찬은 얕잡아 보이기
쉬운 것이었다.

'아무튼 이대로 쉽게 보낼 수는 없지.'

복수의 시간이 도래했다.

하지만 상대는 도망가려 하고 있었다.

"영국 대사를 만나서 요청을 수락하지 않게 청탁하세요."

"알겠습니다. 그런데 다른 곳으로 망명하려 한다면 어떻
게 할까요?"

"똑같이 하세요. 절대 이 땅을 떠날 수 없게 만들어요. 항
상 감시하고 모든 동태를 파악하세요."

손 안 대고 코를 풀 수 있는 상황이었다.

'평생 감옥에서 썩게 해 주마!'

죽을 때까지 감옥에서 벗어나지 못하게 할 생각이었다.

교도소 시설이 굉장히 빈약했으니 살아 있는 지옥이 될 것
이었다.

지시를 내린 다음에는 샌프란시스코에 있는 공화당 지부
에 방문했다.

"처음 뵙겠습니다, 존입니다."

"반갑습니다. 샌프란시스코 공화당 지부장 숀 버클러입니
다."

"샌프란시스코 공화당 지부는 처음 방문한 것 같습니다. 동부에 가 있는 경우가 많아서 많이 늦었습니다. 섭섭하게 생각하지 않으셨으면 합니다."

"하하, 바쁘신 분이라는 것은 잘 알고 있습니다."

"이해해 주시니 감사합니다."

"앞으로 저희 지부에 많은 관심을 가져 주십시오."

"물론이지요. 그런데…… 혹시 지나간 일에 관심이 있으신가요?"

"지나간 일이라면?"

"뉴욕에서 약간 불미스러운 일이 있었습니다. 혹시 알고 계신가요?"

"아! 혹시 그 일?"

대찬은 고개를 끄덕였다.

"당에서는 어떻게 하기로 했습니까?"

"이번에 취임하신 대통령께서 부패 척결을 주장하고 그와 관련된 모든 일들을 수사하고 있다고 합니다."

"그렇군요."

원론적인 이야기였다.

어떻게든지 수사는 될 것이고 그에 따른 합당한 징벌이 부여될 것이라고 말했지만 대찬은 기다릴 생각이 전혀 없었다.

"제가 이번에 공화당에 크게 지원할 생각이 있습니다."

숀의 눈이 반짝였다.

지나간 일을 기회 삼아 민주당은 대찬을 옹호하였고 서부의 주류층인 한인들은 공화당을 외면하고 있기 때문이었다. 그러니 공화당 공격의 직접적인 피해자인 대찬이 공화당을 지원한다면 불리했던 서부의 정세를 어느 정도 회복할 수 있는 기회였다.

"어떻게 해 드리면 되겠습니까?"

단도직입적으로 물었다.

"앞으로 두 번 다시 그의 이름이 들리지 않았으면 좋겠습니다. 하지만 그가 죽는 것도 싫군요."

"꽤 정당한 방법이어야겠군요."

"제가 바라는 것이 그겁니다. 불가능합니까?"

잠시 생각을 하는 듯하더니 이내 입이 열렸다.

"제 생각에는 충분할 것 같습니다."

"그리고."

"또 있으십니까?"

"한인들의 정치 참여를 부탁합니다."

"……!"

깜짝 놀란 표정이었다.

정치인이라고 불리는 사람들은 전부 백인들이었다. 이런 일은 한 번도 생각해 본 적 없었기에 얼빠진 표정이었다.

"존 씨, 이번 이야기는 못 들은 것으로 하겠습니다."

"백인이 아니기 때문입니까?"

"······."

긍정의 침묵.

상황을 뒤집기 위해서는 혹할 만한 패를 꺼내야 했다.

"미국의 역사가 얼마나 됐습니까?"

"갑자기 그 이야기가 왜 나옵니까?"

"아주 중요하기 때문입니다. 1776년 7월 4일에는 독립선
언서를 발표했으니 약 150년 정도 되었네요."

"그런데요?"

"미국의 가장 큰 약점이 뭔지 아십니까?"

"약점?"

"아주 큰 약점이 하나 있지요. 바로 역사가 짧다는 것."

"그게 무슨 약점입니까?"

"유럽이나 아시아 그리고 숀 씨의 눈앞에 있는 저의 가문
은 최소 몇백 년에서 몇천 년까지 장구한 역사가 있지요. 그
런데 지금은 세계 금융의 중심지가 되었고 어디서도 무시할
수 없는 국가가 되었습니다. 한인이 정치에 참여하게 되면
그 역사가 생기는 겁니다."

숀의 인상이 구겨졌다.

"궤변입니다."

"그렇게 생각하십니까? 당장 제가 가지고 있는 강씨라는
성은 역사가 5백 년 정도 되었습니다."

"그걸 어떻게 증명합니까?"

"족보가 있으니까요. 필요하다면 족보를 보여 드리지요. 그리고 제가 정치에 참여하는 것으로 미국에 무슨 역사가 생기겠습니까?"

"존 씨가 참여하려고 하신 것 아닙니까?"

"하하, 저는 정치에 큰 관심이 없습니다."

"그럼 그 현실주의를 도대체 왜?"

"관심사 중에 하나였으니까요. 아무튼 본론만 이야기하자면 한인을 정치에 참여시키면 미국의 역사가 늘어난다고 호언장담합니다."

"어떻게 말입니까?"

"한인들의 황족이 여기 미국에 있으니까요."

"아!"

무언가 깨달은 듯했다.

"하하하."

그러고는 마구 웃어 댔다.

"그럴싸합니다. 지금 존 씨의 말이 높은 곳에 올라가면 신선하게 들리기는 하겠습니다. 그런데 몇 가지가 잘못되었습니다."

"잘못된 것이 있다고요?"

"맞습니다. 먼저 그 황족이 높은 자리를 차지하기 전까지는 한인들의 역사가 미국의 역사가 되지는 않을 것 같습니다. 그리고 다음으로는 이미 수많은 한인들이 이주해 왔고

서부에 있는 학교에서는 미국의 역사와 한인들의 역사를 가르치더군요."

서부를 한인 문화권으로 만들기 위해서 교육 부분에 많은 투자를 했다. 그래서 한국어와 역사 교육이 상당히 진척된 상황이었다.

"머리가 좋은 분이니 무슨 말인지 잘 아시리라 생각합니다. 하지만 한인들의 정치 참여에 대해서 위로 보고는 하겠습니다."

"네?"

"생각해 보니 서부는 한인들이 주류 사회를 이끌고 있습니다. 그러니까 서부에 한정해서 한인들이 정치하는 것도 나쁘지 않을 것 같습니다. 특히 민주당은 이 일을 모르고 있을 테니 공화당의 입장에서 한인을 선택하여 선거에 출마시킨다면 좋은 방법 아니겠습니까?"

나쁘지 않았다.

어찌 되었건 출마할 수 있는 한인이 있다는 것이 중요했다.

"이번에는 제가 통이 커야겠습니다."

대찬은 슬며시 미소 지었다.

기대 이상의 성과였다.

"이빨도 안 박힐 줄 알았는데 말이야."

앞서 큰 전쟁에서도 승전국에 위치했고 세계 금융의 1번

지라는 타이틀까지 얻음으로 승승장구하고 있으니 정치권에 한인을 참가시키기 위한 제안은 귓등으로도 듣지 않을 것이라는 예상과는 다르게 긍정적인 반응을 보였다. 의외였으나 한편으로는 이해가 됐다.

"서부는 확실하게 한인 문화권이라는 것을 인정받은 것이지."

이렇게 만들기 위해서 10년이 넘게 교육을 지원하고 투자한 보람을 느낄 수 있었다.

"어이가 없지만 의외로 에디가 도움되었네."

에디를 압박하기 위한 수단이 정치에 참여할 수 있는 기반이 되었다.

"이제 그놈을 해결해야 할 때가 됐다."

어차피 금전적인 보상을 받지 못할 것이었고 바라지도 않았다. 원하는 것은 한 가지 처절하게 파멸시키는 것이었다.

"앤디 씨."

대찬의 부름에 곧장 사무실로 들어왔다.

"부르셨습니까?"

"에디 브룩스는 어떻게 하고 있나요?"

"영국으로 망명은 무산되었고 차선책으로 선택한 나라들 역시 직간접적인 방법으로 무산시키고 있습니다. 현재는 미국을 떠나기 위해 여기저기 알아보고 다니고 있습니다."

"절대 미국에서 떠나게 해서는 안 됩니다. 무슨 말인지 알겠죠?"

"명심하겠습니다."

"제기랄!"

에디는 울화통이 터졌다.

"포브스는 되고 왜 나는 안 된다는 거야!"

점점 자신을 옥죄어 오고 있는 상황에 대해서 잘 알고 있었고 빨리 미국을 떠나는 것이 상책이었다. 하지만 이상하게 수많은 나라의 대사들을 만나 보았지만 대답은 똑같았다.

"현재 아국은 망명을 허용하지 않고 있습니다."

미칠 노릇이었다.

"빨리 떠나야 돼!"

시간이 지날수록 초조한 마음은 계속해서 커지고 있었다.

아니나 다를까 며칠이 지나지 않아 신문에는 에디의 이름으로 도배가 되기 시작했다.

─오하이오 갱의 멤버 에디 브룩스.

공개적으로 이름이 거론되기 시작하면서 그동안 어떤 식으로 부정 축재를 했는지 적나라하게 기사에 실린 것이다.

아메리칸
드림

"맙소사!"

머리를 감싸며 좌절했다.

결국 에디는 협박, 횡령, 탈세 등 수많은 혐의를 가지고 검거되었다.

대찬은 정치인들을 만나서 완벽하게 에디의 고립을 원한다고 표현했고 다른 한편으로는 판사들에게 사람을 보내 청탁했다.

그 결과 에디는 혐의가 입증된 죄목에 대해서 최고 형량을 받았다.

복수는 이걸로 끝이 아니었다.

원래대로라면 동부에 있는 교도소에서 형을 집행해야 했지만 이마저도 로비를 통해 서부의 교도소에서 수감되기를 원했다.

다방면에 걸친 로비와 대찬의 의지가 통했는지 결국 서부의 교도소에서 복역하게 되었고 마지막으로 대찬은 에디가 복역하는 교도소를 방문했다.

"이 개자식!"

죄수복을 입고 면회장에 들어온 에디는 대찬을 보자마자 욕을 했다.

"차분하신 분인 줄 알았는데 아닌가 보네요?"

살짝 올라간 입꼬리는 충분히 에디의 속을 긁었다.

"XXX XXX!"

그러자 에디는 차마 입에 담지도 못할 욕을 하며 저주를 퍼부었다.

"이제 다 하셨나요?"

에디의 입은 잠시도 쉬지 않았다.

"그러니까 인생사 새옹지마라고 하지 않았나요? 하하."

"간수 면회 그만하겠소!"

벌떡 일어나 면회장을 떠나려 했다.

"앞으로 재미있을 겁니다."

에디는 이글거리는 눈으로 대찬을 흘겨보고는 그대로 면회장을 벗어났다.

"아! 시원해."

그동안 해묵은 감정이 사라지는 것만 같았다.

앉아 있는 자리에서 일어나자 대찬을 중심으로 여러 사람이 자리에서 일어나 공손하게 대찬에게 인사했다.

샌프란시스코 근교에 있는 교도소에는 한인이 많았다.

에디의 문제가 해결되자 대찬은 공화당과 약속한 대로 많은 정치자금을 지원해 주었다. 그러자 공화당에서는 서부 지역에 대대적으로 이를 홍보했다.

일련의 사건으로 서부에서 지지율이 바닥이었기에 많은 영향력을 가지고 있는 대찬의 지원을 기회 삼아 서부 지역의 지지율을 끌어올리기 위한 방법이었다.

그리고 마침 선거가 돌아오고 있었기에 효과를 더하기 위해 하원의원 선거에 꽤 많은 수의 한인들을 포섭해 내세웠다.

"흥미로워."

보수 집단인 공화당에서 한인을 전면에 내세워 유세하고 있으니 이보다 흥미로운 일이 없었다. 진보인 민주당에서는 오히려 반대로 한인을 포섭하기보다는 기존 인사들을 내세웠던 것이다.

1924년 11월 4일, 서부 지역에서 당선된 하원의원들의 다수는 공화당이 되었고 여덟 석이 한인들이었다. 공화당의 적극인 한인 포섭과 이를 통한 활동이 적중했다. 상원의원 선거에서는 공화당이 선전하여 저번 선거에서보다 네 석이 늘어났고, 대통령은 캘빈 쿨리지가 재임에 성공했다.

한편 대찬은 집필하고 있는 자본주의 서적을 마무리 지어가고 있었다.

현재 유지하고 있는 방임주의가 얼마나 위험한지를 지적하는 내용을 시작으로 전적으로 시장경제를 따르는 것이 아니라 어느 정도 제어할 수 있는 수정자본주의 체제를 만들어야 한다는 것이 주된 내용이었다.

기본적인 설명으로 부의 양극화를 설명했는데, 이는 과거부터 현재까지 부의 재분배가 되지 않을 경우 일어나는 일에 대해서 집중 조명하였고 로마를 예로 지금 상황을 빗대어 일어날 수 있는 일들에 대해서 예측하고 경제가 원활하게 돌아가기 위해서는 중산층을 키워야 한다고 주장했다.

"현재도 양극화가 너무 심해."

로마도 무너지기 직전에는 부의 양극화가 심해서 중산층이 존재하지 않았고 주인과 노예만 있었으며 고려도 말기에는 부의 재분배가 되지 않아 기존의 권력자들이 모든 토지를 소유했다고 해도 과언이 아니었다. 즉, 중산층을 최대한 늘려야 소비 활동이 활발하게 이루어지는 것이다. 이것이 실패한다면 어떻게든지 어떠한 형태로든 나타났다. 그렇기에 정부가 시장에 적극적으로 개입하여 주도적으로 시장을 관리, 규제하여 투자의 유지와 불경기 국면에서의 시장 회복력을 가질 수 있어야 한다고 주장했다.

대찬은 노조를 만들어서 임금 협상을 하고 많은 상여금을 주었지만, 그럼에도 불구하고 재산이 쌓여만 가고 있었다.

"엄청 퍼 주고도 재산이 쌓이는데, 다른 기업들의 오너는 얼마나 빠른 속도로 부를 축재할까?"

물가의 상승과 더불어 이미 많은 재산이 있는 상류층은 부의 나누어 가질 필요가 있었다. 그래서 노동자들이 물가가 상승할 때 경제활동 능력을 갖추기 위해서는 중류층으로 진입해야 하고 이를 위해서는 임금을 상승시킬 필요가 있었다.

이에 대한 대비책으로 기업은 노조를 의무적으로 만들고 매년 협의를 통해 적정 수준의 임금 협상을 해야 한다고 주장했다.

이렇게 완성된 자본주의 서적을 갈무리하고 출판하자 반

응은 빠르게 나타났다. 이미 출판했던 현실주의의 지지자들은 이도 저도 아닌 내용이라고 비판하는 사람들이 태반이었다.

"정부가 적극적으로 시장을 관리해 소득에 따라 계층을 만들자는 것은 말도 안 된다!"

평등을 기본 원칙으로 삼고 있는 사회주의자들은 소득과 부에 따른 계층이 생긴다는 것에 크게 반감을 가졌다.

반대로 자본주의를 신봉하는 자들의 반응은 또 달랐다.

"자본주의의 원칙을 보이지 않는 손에 의해서 자유롭게 경제활동을 하는 것이다. 그렇기에 누구에게도 기회가 있고 이를 통해 완전한 자본주의가 완성되는 것이다. 그런데 정부가 시장을 관리한다면 시장을 유린할 수 있으니 말도 안 되는 주장이다!"

어느 쪽에도 찬성을 받지 못하고 비판받기만 했고 한편으로는 대찬의 사상에 대해서 떠드는 사람들이 생겼다.

사회주의자들은 '존은 부에 따른 계층 나누기에 혈안이 된 어쩔 수 없는 부르주아다!'라고 말했으며 자본주의자들은 '시장을 정부에서 관리하게 만들어 통제하려고 하는 사회주의자다!'라고 말하며 성토했다.

대찬은 이번 책이 이런 반응을 가지게 될 것이라는 생각도 하지 못하고 있었다.

"허, 왕따 당하겠네."

실제로 항의 전화나 편지를 무수히 받고 있었다.

"뭐가 잘못된 거지?"

따르릉.

전화가 울렸다.

"여보세요."

—날세.

"웬일이세요?"

—어쩌자고 그런 책을 냈나?

다짜고짜 성난 목소리를 듣자 대찬은 어안이 벙벙했다.

"네?"

—이번에 낸 책 말일세. 수정자본주의라고 했나?

"뭐가 잘못됐나요?"

—그걸 말이라고 하나?

"도저히 알 수 없어서 묻는 거예요. 뭐가 잘못된 거예요?"

—맙소사! 일의 심각함을 모르는구먼?

"설명 좀 해 주세요."

—그러니까……

존의 설명이 이어졌다.

첫째로는 대찬의 명성이었다. 대기업의 총수 그리고 한인들의 대표적인 인물임과 동시에 현실주의라는 책을 펴냄으로써 프롤레타리아 혁명을 막아 내었고 사회주의자들의 존경을 받았는데 이번 책으로 현실주의에 대한 신뢰성이 떨어지고 있었다.

두 번째로는 많은 부를 가지고 있는 위치의 기득권층이 너무 많은 부를 가지고 있기 때문에 나라가 망할 수도 있다는 내용이 삽입되어 있다는 것이다.

마지막으로는 정부의 적극적인 개입을 통해 시장을 제어해야 한다는 사회주의적인 발상이 문제라는 것이었다.

-어쩌자고 그런 내용을 썼나? 당장 출판 중지하게나.

"그 정도로 안 좋은 상황이에요?"

-그것도 상당히 좋지 않네!

단호하게 말했다.

'시대에 맞지 않는 것인가?'

나름대로 생각했고 고민해서 집필한 책이었다. 그런 책이 사람들에게는 전면적으로 부정적인 내용이었다.

"직접 만나서 이야기한다면 일일이 설명할 수 있어요."

-그런 소리 말고 이번에는 내 말대로 하게나.

존의 음성에는 더 이상 협상은 없었다.

"알겠습니다."

-그래. 아무래도 내가 한번 가 봐야겠구먼. 이만 전화 끊네.

전화를 끊고 대찬은 여러 가지 복잡한 생각이 들었다.

'미래를 생각해서 쓴 책이 이렇게 오해를 사다니.'

입안이 썼다.

대찬은 존의 의견대로 출판을 중지하고 조용히 지낼 수밖에 없었다. 하지만 이미 많은 책이 팔렸고 계속해서 책의 내용은 사람들에게 이야기되었다. 그러다 보니 책의 내용에 대해서 궁금해하는 사람이 많았고 관심은 계속 증가하였다.

선의로 책을 썼지만, 호응을 얻지 못하고 나쁜 소리만 듣게 되자 외출을 자제했고 시간이 남게 되면 책을 읽고는 했다.

그러던 어느 날 책을 한 권 읽게 되었는데 익숙한 제목이었다.

"호빗?"

회귀 전에 굉장히 재밌게 본 영화가 호빗이었다. 차분히 읽어 보니 영화의 원작이라는 것을 알 수 있었다.

"와! 이렇게 빨리 만들어진 책이었단 말이야?"

톨킨은 자신의 아이들을 위해 이야기를 만들어 내어 들려주는 것을 좋아했다. 그것들이 모아 출판을 하게 되었고 그것이 호빗이었다. 호빗은 어른들에게까지 인기를 얻게 되었고 영국에서 대서양을 건너 미국에까지 건너오게 되었다.

"응?"

읽다 보니 영화와 다른 점이 보였다.

"용을 죽이기 위해 이를 갈며 기다리는 사람이 동양인이네?"

원작과는 살짝 다른 내용이었다.

세계 제일

얼마 뒤 존은 샌프란시스코를 방문했다.

대찬은 반갑게 맞이했지만, 존은 대뜸 큰 소리를 쳤다.

"도대체 어쩌자고 그런 책을 냈는가?"

잔뜩 성이 난 얼굴이었다.

"……."

대찬은 꿀 먹은 벙어리처럼 할 말이 없었다.

"이렇게 화부터 내시면 제가 어떻게 말할 수 있겠어요?"

"어휴, 좋네. 일단 들어가지."

두 사람은 조용한 서재로 이동했다.

"그래, 말해 보게."

존은 차분하게 경청의 자세를 취했고 곧 대찬의 입이 열렸다.

"왜 그렇게 망한다는 이야기에 집착하는지 모르겠어요. 그게 핵심이 아니에요."

"핵심이 아니다?"

"맞아요. 개인적으로 생각하기에 부의 재분배가 안 되기 때문에 경제적으로 큰 위기가 오리라는 것을 예측하는 것이었고 망한다는 것은 고대 국가들을 예로 들은 것뿐이에요. 그런데 이 말이 이렇게까지 큰 오해를 불러일으킬 줄은 몰랐어요."

"경제적 위기? 큰일이 벌어질 것이라는 예측일 뿐이라는 것인가?"

"정확해요. 이대로 가다가는 미국은 경제적으로 큰 타격을 입을 거예요."

"이유나 혹은 증거가 있는가?"

"당연하지요. 사회적으로는 무조건 잘될 것이라는 낙관주의가 팽배하고 사람들의 소비가 굉장히 커요. 그런데 주류금지법으로 수많은 자금이 지하 자금이 되어 가고 있고, 그동안 무리 없이 성장하던 US스틸은 주춤하고 있고 노동자들은 파업까지 했어요. 그리고 농업 분야에서도 공황이 왔고요. 이런 것들이 쌓이다 보면 어느 날 크게 터질 거예요."

"그런데 부의 재분배가 필요하다는 것은 무슨 말인가? 너무 공산주의적 생각이 아닌가?"

중요한 대목이었다.

현실주의 때는 공산주의자라는 소리는 들었지만 낙인찍히지는 않았었다.

이유는 단 하나.

프롤레타리아 혁명은 전적으로 국가 전복을 위한 쿠데타라고 명시했었다. 반면 이번에 낸 책은 부의 재분배와 정부가 시장에 개입해야 한다는 것을 주장해 세간의 평가는 자본주의의 탈을 쓴 공산주의자라는 소리가 나왔다.

"존과 나, 우리는 세계적으로 봐도 1% 안에 드는 부호예요."

존은 고개를 끄덕였다.

"우리는 아무리 돈을 써도 쓰는 돈보다 벌어들이는 돈이 더 많아요. 그런데 우리를 위해서 일하고 있는 노동자들을 생각해 보세요. 물가는 오르고 임금은 동결되어 있어요. 그러니 계속해서 이렇게 진행이 된다면 모든 돈은 우리에게 몰리게 될 것이고 가장 적극적으로 소비할 수 있는 계층이 사라지면 시장이 붕괴되지 않겠어요? 저는 이걸 막고 싶은 거예요."

"그렇다면 정부의 적극적인 개입이 무엇인가?"

"아주 간단해요. 정부에서 소비 계층이 몰락하지 않게 장치를 해야 한다는 거지요. 예를 들어 최저임금을 정하는 것과 소득별 세금 제도 등 중산층 부양 정책을 해서 건강한 경제를 만들자는 것이에요."

"결국 자네 말은 나라가 망한다는 것은 표현법이자 경고의 메시지이고 사람들이 적극적으로 이를 공감하길 바란 것이었나 보구먼?"

"정확해요. 그런데 일이 이렇게 될 줄은 상상도 못 했어요."

대찬의 책에는 망한다는 표현보다 대공황을 더 강조해서 서술했었다. 하지만 정작 이슈가 되는 것은 망한다는 표현이었다.

"무슨 말인지 잘 알겠네. 그럼 이번에는 내 이야기를 들어 볼 텐가?"

"말씀하세요."

존은 찻잔을 들어 목을 축이고 난 다음 말을 시작했다.

"일단 자네의 진취적이고 진보적인 생각에 대해서는 예전부터 감탄하고 있었고 그 능력을 믿고 있네. 그런데 이번에는 전적으로 자네가 잘못한 점이 너무 많아."

"잘못한 점이 많다고요?"

"그렇지. 일단 자네는 사회적 공감을 얻지 못했네. 이전에 현실주의는 사람들의 공감을 얻어 내기는 했었지. 하지만 이번에는 논란만 일으켰지, 아무도 자네의 생각에 공감하는 사람이 없었네. 있더라도 소수에 불과했지. 자, 잘 생각해 보게 자네의 지지층은 생각보다 폭이 넓어서 부호도 있고 노동자

도 있으며 사회주의자도 있지. 그런데 이번에 펴낸 책으로
지지를 얻어 낸 사람들은 거의 없다시피 하니 아주 큰 실책
이라고 할 수 있겠네. 다음으로는 국가에 많은 영향력을 끼
칠 수 있는 사람들을 적으로 돌린 것이네. 이제까지 아무 문
제 없이 잘 돌아가고 있는 정치, 문화, 경제가 느닷없이 자네
에게 저격을 당했으니 좋은 감정일 리 없지 않겠는가? 그러
니 너무 진보적인 생각을 한 것이 문제가 되는 것이네."

대찬은 많은 생각이 들었다.

'미리 설레발친 건가?'

대공황을 염두에 두고 쓴 내용이 굉장히 거슬려 한다는 것
을 느꼈다.

"그리고 특히 한 가문에서 탐탁지 않아 하고 있다네."

"가문요?"

"자네는 내가 유태인을 좋아하지 않는다는 사실을 알고 있
을 것이네."

존과 유태인의 반목은 익히 잘 알고 있었다.

"그런데 내가 왜 유태인과 관계가 좋지 않으면서도 관계를
끊지 않는지 의아하지 않나?"

"그게 가문과 무슨 상관이 있는 것이지요?"

"아주 큰 상관이 있다네. 내가 시작할 때 나에게 투자해
준 것이 로스차일드 가문이었으니."

"그럼 탐탁지 않아 하는 가문이?"

"맞네, 로스차일드일세."

1744년 독일 프랑크푸르트 유대인 지역에서 마이어 암셸 로트실트가 태어났다. 마이어의 아버지 암셸 모세 바우어는 골동품상과 대금업자였고 가문의 국제적 위상이 올라가기 시작한 것은 마이어 암셸 로트실트 때부터였다.

마이어는 5명의 아들을 두었는데, 암셸 마이어 폰 로트실트는 프랑크푸르트에서 마이어의 가업을 이었고 살로몬 마이어 폰 로트실트는 오스트리아 빈, 네이선 메이어 로스차일드는 런던에서 카를 마이어 폰 로트실트는 나폴리, 자크 마이어 드 로쉴드는 파리에 자리 잡았다.

로스차일드 가문은 '외척에게는 가업을 맡기지 않는다.'는 마이어의 원칙대로 족내혼을 통해 가문의 부를 지켜 갔고 여러 가지 사업을 했지만, 대표적으로는 금융업을 했다.

"이제 문제가 뭔지 알겠나?"

대찬이 출판한 책은 세상의 부를 독식하다시피 하고 있는 로스차일드에게는 크나큰 도전이 되는 것이었다.

"로스차일드……."

대찬의 말끝이 흐려졌다.

음모론으로 점철 되어 있는 로스차일드를 한 번도 심각하게 생각해 본 적이 없었기에 실체에 접근하게 되자 알 수 없는 공포심이 생겼다.

'만약 크게 대두되었던 음모론이 만약 사실이라면?'

아메리칸
드림

감당할 수 없을 것이라는 게 확실했다.

'겁나네.'

회귀 전 읽었던 책 중에 '화폐전쟁'이라는 책이 있었다. 그 책에 로스차일드의 부는 2015년을 기준 삼아 5경이라는 말도 안 되는 금액이 적혀 있었다.

'사실일 리는 없겠지만 그만큼 어마어마한 부를 소유하고 있다는 것 아니겠어?'

문제는 부가 아니었다.

'특유의 정경 유착.'

로스차일드 가문에게 국경선 따위는 의미가 없었다. 국제금융의 사슬을 장악하고 있는 거대한 집단이었기 때문이었다.

'그런데 내가 당장 일어나지도 않은 일 때문에 걱정할 필요가 있나?'

당장 어떻게 제재하겠다는 행동을 취한 것은 아니었다.

"존의 말을 듣고 당장 책은 멈췄어요. 여기서 제가 뭘 더 해야 하나요?"

"당연한 것 아니겠나? 왜 당장 어떠한 제재가 들어오지 않는다고 생각하나?"

"혹시?"

존은 고개를 끄덕였다.

"오해를 풀어 주어야 하지 않겠나?"

"오해를 풀어요?"

"만약 자네가 아시아에서, 한국에서 이러한 일을 했다면 신경도 쓰지 않았을 것이네."

현재는 미국에서 살고 있고 대찬의 영향력은 작지 않았다. 그렇기에 이슈가 되는 것이었다.

"어떻게 해야 할까요?"

"자네는 항상 돌파구를 잘 찾아내지 않았나?"

"어휴, 알겠어요."

"이건 여담이네만 내가 왜 손녀딸을 자네에게 주었는지 알고 있나?"

'생각해 보니……'

이상하게 존은 적극적이었다.

어떻게든 혈연을 맺겠다는 듯 아주 결연했고 끝내 이루어 냈다.

"그들을 보고 배웠고 나도 사람인지라 욕망이 아주 없는 것은 아니었네. 국경선 따위는 결국 사람이 정한 것이었더 구먼."

회귀를 한 대찬은 몇몇 국가들을 제외하고는 국경선이 크게 의미 없다는 것을 잘 알고 있었다. 이미 세계 경제의 통합을 경험했기 때문이었다.

"욕망을 채우기 위해, 내가 세계 일인자가 되기 위해서는 로스차일드가 없어야 한다는 것을 느꼈지. 그런데 현실적으로 불가능이야. 그럼 서양이 아닌 동양을 통해 세계 일인자가 되는 것은 어떨까 싶었지. 마침 유능한 젊은이가 있었고 나중에 알게 된 사실이지만, 가문의 역사도 5백 년이나 되어 아주 유구했으니 말이네. 록펠러라는 이름이 세계 최고가 되지는 않겠지만 강이라는 이름 옆에는 항상 록펠러가 붙지 않을까? 하하."

"제가 세계 최고가 되길 원하시는군요?"

"물론이네. 그러니 허망하게 몰락하길 바라질 않아."

'세계 최고의 부호라……'

쉽지 않은 길임을 알고 있었다.

더군다나 실체에 대해서 감도 못 잡고 있었던 로스차일드에 대해서 알게 된 상황에서 이를 역전시키기는 방법은 도저히 생각도 나지 않았다.

"어휴, 부는 이만하면 됐다고 생각했는데 새로운 숙제를 내 주시네요. 그것도 아주 어려운 숙제를."

"그렇지! 아주 위대한 숙제야. 그러니 내 속내까지 보여 주지 않았나? 자꾸 엇나가려 하지 말게나. 이대로 고지를 향해 쭉 올라갔으면 하는 게 내 바람이네."

"그런데 이건 나의 꿈일까요? 존의 꿈일까요?"

대찬은 남과 북으로 갈라지지 않은 통일된 한국을 바랐고 덧붙여서 넓은 영토와 함께 무궁무진한 기회를 원했다.

세계 제일의 부자는 한 번도 생각해 보지 않았었다.

"자네의 꿈이 세계 제일의 부호가 아님을 알고 있다네. 하지만 내 촉은 자네가 그 기회를 가지고 있다고 하니 어차피 밑져야 본전 아니겠나?"

말 그대로 밑져야 본전.

덧붙이자면.

'확실히 어떻게 해야 되는지 알고 있다.'

그리고 그렇게 된다면 로스차일드와는 어쩔 수 없이 부딪치게 되어 있었다.

'어차피 독립까지는 시간이 남는데…….'

해 볼 만하다는 생각이 들었다.

"시도는 해 볼게요. 너무 기대하지 마세요."

"하하, 도움이 필요하면 언제든지 말하게나."

"알겠어요. 대신에 제가 하는 일에 대해서 전적으로 지원해 주세요."

"당연한 것 아니겠나?"

"일단 현금 보유량을 최대한 늘려 주세요."

"현금? 이유가 있나?"

"제가 대공황을 예견했지요?"

"아! 그럼?"

"시간이 남기는 했어요. 하지만 머지않았어요."

"얼마나 필요한가?"

"큰 기회가 생길 것 같아요. 최대한 많을수록 좋겠지요."

아메리칸
드림

새로운 목적이 생긴 이상 숨길 것이 없었다.

"그리고 확실한 정치 세력이 필요할 것 같아요."

"흠, 깊이 공감하는 바이네."

멀게 대했고 가깝게 느껴지지 않았던 정치판에서도 전적인 지지를 해 줄 세력이 필요했다.

이날부터 두 사람은 확고한 목표를 가지고 계획을 차근차근 세워 나갔다.

최대한 많은 현금, 확고한 정치 세력이 있다면 대공황을 기회 삼아 고지를 탈환할 수 있을 것이다.

'그리고 전쟁 채권을 통해서 정점을 찍는다.'

계획은 완성되어 갔다.

"혹을 달았네."

세계 제일의 부호가 된다는 것은 대찬의 목표가 아니었지만, 분위기에 휩쓸려 충동적으로 결정한 감이 적지 않았다.

'가능성이 보였으니까.'

한 번쯤 해 볼 만하다는 판단과 가능성이 보이니 도전 의식이 무럭무럭 솟았다.

"어휴, 원래 이럴 계획은 없었는데."

대찬은 이번 자본주의와 관련된 서적을 낸 다음 여러모로 곰곰이 드는 생각들을 남는 시간 동안 정리했었다.

그리고 내린 판단.

'할 수 있는 일과 할 수 없는 일에 대해서 구분하고 선택해서 집중하자.'

자신의 정체성에 대해서 깊이 고민하게 된 것이었다.

회귀 전에는 군인이었고 회귀한 다음에는 기업인이 되어 있었다.

처음에는 미숙한 점도 많았지만, 시대의 발전상에 대해서 어느 정도 알고 있는 것이 불패 신화를 만들어 냈고 대표적인 기업인으로서 자리매김할 수 있게 만들어 주었다.

'나의 능력일까?'

고민해 보니 그저 운이 좋은 사람에 불과했다.

'그럼 나는 어떤 방향으로 가야 할까?'

생각하다 보니 가장 자신 있는 부분이 생각이 났다.

"나는 군인이었다."

방향이 잡히자 본모습을 찾기 위하려고 하려던 찰나에 존이 세계 최고의 부호가 되지 않겠느냐는 제안한 것이었다.

결국 현금 자산을 만들기 위해서는 사업을 더 해야 할 필요가 생겼다.

그런데 여기에도 고민거리가 생겼다.

"도대체 무슨 사업을 해야 하는 거야?"

많은 사업체를 거느리고 있었고 발을 뻗지 않은 분야가 없는 것 같았다.

"미치겠네."

좀 더 생각해 볼 일이었다.

.

레닌은 유언장에 이렇게 썼다.

-스탈린에게 최고 지도자 자리를 주지 말라.

스탈린의 폭력적 정치 수단, 지나친 러시아주의 그리고 관료주의적 성향은 스승인 레닌에게 좋은 평가를 받지 못했고 후계자로 지목되지 않았다. 유언장은 레닌의 친필로 작성된 것이라 자칫 스탈린의 당내 지위에 치명적인 영향을 미칠 수 있었지만, 스탈린은 용의주도하게 레닌의 유언을 은폐했다. 1924년에 이르러 이미 거의 모든 내부 정치 조직체는 스탈린의 지배권하에 들어갔기 때문이었다.

1924년 1월 레닌이 죽은 후 스탈린은 그를 성대한 장례식을 치른 뒤 준※비잔틴식으로 우상화했고 레닌주의의 후계자가 된 스탈린은 경쟁자들을 축출한 후 최고 권력자로서의 입지를 굳혔으며 자신의 우상화도 함께 추진했다.

집권 직후 스탈린이 집단화와 산업화, 중공업을 통한 경제 발전을 선언하자 소비에트 연방 사회 일각에서 반발이 일어났다. 우파인 자본주의 세력은 레닌의 죽음으로 혼란해진 틈을 타 공산주의 정권을 타도할 계획을 세웠다. 하지만 자본주의 세력의 움직임을 간파한 스탈린은 우파 인사들의 집회 장소를 급습하여 체포, 숙청했다.

그리고 반대파 역시 숙청하기 시작했고 이들이 살기 위해서는 동쪽으로 향해야 했다.

스탈린의 행동으로 가장 득을 보기 시작한 것은 러시아 제국이었다.

매일 적지 않은 숫자의 사람들이 소비에트를 등지고 전향하기 시작했다.

순식간에 불어나기 시작한 인구수를 시작으로 러시아 내부는 급격한 변화를 보였고 새로운 주장이 대세가 되어가고 있었다.

"영토를 회복해야 합니다!"

강경파는 적극적인 서진을 원했고 이에 황제인 올가의 고민은 깊어만 갔다.

"당신 생각은 어때요?"

"……내가 많은 이야기를 하는 건 좋지 않을 것 같소."

이은은 목표를 가지고 올가와 정략혼을 했다. 하지만 상황이 묘하게 꼬이면서 올가가 황제가 되자 이은은 극도로 몸을 사릴 수밖에 없었다.

이유는 하나.

"러시아 황실의 정통 순혈을 지켜야 한다."

표면적으로는 드러나지 않았지만, 암암리에 떠도는 이야기였다.

따르는 세력이 없으니 극도로 위축될 수밖에 없었고 부인인 올가와 대화에서도 크게 자신의 의견을 내거나 하지 않았다.

"어휴, 그런 사람 아니었잖아요? 왜 이렇게 나를 외롭게 하는 거예요?"

잠깐이지만 적극적으로 사업을 진행하던 모습을 올가는 기억하고 있었기에 더욱 답답했다.

이은은 말없이 한숨을 쉬었다.

"무슨 말이라도 좋으니 해 봐요."

지금의 관계를 유지하기 위해서는 말을 해야 한다는 것을 본능적으로 느꼈다.

"……."

잠시 뜸을 들이던 이은의 입이 열렸다.

"시기상으로는 서진하기에 아주 적절한 것 같소. 다만 이제야 경제 기반이 잡혀 가고 있기에 전쟁을 수행하기에는 여러모로 좋지 않은 것 같소."

"전쟁을 수행하기에 좋지 않다고요?"

"그렇소. 러시아는 너무 넓어서 보급선이 너무 긴게 문제요. 교통이 자유로운 것은 현재 야쿠츠크까지니 아직 준비되지 않은 것 같소."

러시아 영토로 되어 있기는 했지만, 상대적으로 관심이 떨어져 개발되지 않는 곳투성이였고 소비에트의 위협으로 언제든지 피할 수 있게 동쪽으로 치우친 야쿠츠크에 자리 잡았다.

안전하기는 했으나 전쟁을 수행하기에는 불편한 점이 한둘이 아니었다.

"그럼 대안은 있나요?"

이은은 고개를 끄덕였다.

"야쿠츠크의 인구수가 늘어나면서부터 경제 기반이 형성되어 가고 있고 이를 중심으로 주변을 개발할 수 있는 기회가 생겼으니 이곳을 중심으로 전쟁 수행에 대한 계획을 세우고 조금씩 서진해 가는 것이 좋을 것 같소."

느리더라도 완벽하게 지배할 수 있는 지배력을 만들면서 서쪽으로 나아가는 것이 좋다는 것이 이은의 생각이었다.

공산주의가 득세하는 것을 보아서는 쉽게 끝나지 않을 것 같았다.

"특히 새로운 후계자인 스탈린이 집권하면서 숙청을 피해 전향할 사람들이 많을 것 같으니, 이들을 흡수해서 선전을 잘한다면 전향자가 더 늘어나지 않을까 싶소."

"고마워요."

미소 짓는 올가의 모습에 이은은 마주 보며 미소 지었다.

"그런데 이런 방법은 언제 생각한 거예요? 쉽게 생각할 수 없는 일인 것 같은데요."

"미국에 가면 금산이 있소."

"금산이면 존 강을 말하는 건가요?"

"맞소이다."

"무슨 상관이 있나요?"

"그가 그렇게 했기 때문이오."

"그가 그렇게 했다고요?"

이은은 고개를 끄덕였다.

"서부에 절대 무너지지 않을 기반을 만들어 놓고 조금씩 확장을 하더이다. 위기는 있었지만 자신의 확실한 기반이 있으니 절대 무너지지 않는 것을 내 두 눈으로 보았소."

"아! 그럼 존은 또 어떤 일을 했나요?"

"말했잖소. 전향자를 이용해서 대대적으로 선전해 전향자의 숫자를 늘리자고 말이오."

"그럼 가장 시급한 일은 우리 제국이 무너지지 않을 확고한 기반을 만드는 일이네요?"

"정확하오."

두 사람의 대화는 밤새도록 이루어졌다.

♣

대찬은 계속 고민해 봤자 더 이상 어떠한 아이디어가 떠오르지 않는다는 것을 알았다.

'그럼 내가 고민할 필요가 없지.'

지금 당장 하면 좋을 아이템은 분명히 존재했다. 하지만 자잘한 상권을 침투해 소상인들의 밥그릇을 빼앗고 싶지 않았다.

'컴퓨터가 아쉽네.'

발전 가능성이 무궁무진했고 어떤 방향으로 가야 되는지 너무 잘 알기에 아쉬운 마음이 들었다.

'컴퓨터 시대가 오려면 멀었으니 논외로 치지만 그래도 아쉽네.'

입맛만 다셨다.

'중요한 건 크게 사업해서 돈을 벌 만한 것이 생각나지 않는다는 것인데…….'

대찬은 문득 이런 생각이 들었다.

'내가 사업을 진행할 필요가 있나?'

즉흥적인 생각이었지만 답은 '아니다'였다.

'능력 있는 사람을 사장 자리에 앉힌 것도 그 때문이야. 내가 다 관리할 수 없다는 것을 알았으니까 지금의 구조를 만든 거였어. 그렇다면 내가 총괄하고 방향만 잡아 주면 되는 것 아닐까?'

몇 가지 사업을 제외하고는 권한을 완전히 넘겨주어 독립적으로 사업을 진행하고 있었다.

'조직을 개편해서 그룹화를 해야겠구나!'

회귀 전 한국의 재벌은 생산구조상 다각화를 통해 여러 시장에 걸친 많은 계열 기업을 산하에 소유하고 있었고 외형상 독립되어 있으나 실질적으로는 산하 기업 간에 자본 소유 관계나 임원 겸임 따위를 통해 일관된 체제 아래 활동하는 기업군을 형성하고 있었다.

즉, 가족 또는 친인척 구성원들이 출자한 지주회사가 산하 기업의 많은 지분을 소유함으로써 지배력을 가졌고 운영하는 방식이었다.

'이게 좋지 않은 방식이라는 것은 알지만 잘 생각해 보니 많은 돈을 벌 수가 있네?'

호경기에 튼실한 대찬의 사업체들의 주식을 시장에 내놓으면 많은 이들이 관심을 가질 테고 대찬은 그만큼의 수익을 얻을 수 있었다.

'어차피 사업체의 소유권을 확실하게 지킬 수 있는 지분의 50%만 지킨다면 상관없다는 건데, 반면 배당금을 나눠 줘야 하는 문제도 생기지.'

사업체 대부분은 대찬의 소유였고 간부들에게 지분을 나누어 준 것을 제외한다면 배당할 필요가 없으니 대찬에게 떨어지는 몫이 많았다.

"아! 어렵네. 도대체 어떤 게 대大고 어떤 게 소小인지 판단이 안 돼."

주식을 판매하면 돈은 벌겠지만, 배당금이 지출되고 주식을 팔지 않는다면 한 번에 큰 자금을 마련하기 힘들었다.

"망할 호경기!"

지출을 줄이고 수익을 극대화하고 있던 찰나에 또 다른 생각이 들었다.

"아차! 그냥 주식에 투자하면 되는구나!"

방금까지 호경기를 욕했지만, 지금은 호경기이기에 주식이 계속해서 상승하고 있었다.

'주식에 대해서 잘 몰라 소극적인 자세였는데, 이번에는 태도를 바꿀 필요가 있겠네.'

제시 리버모어에게 주식을 배우고 소일거리 삼아 투자를 해 어느 정도 재미를 보기는 했지만, 호경기라고 해서 주식이 무조건 오르는 것은 아니었다. 불확실하고 안정적이지 못한 주식에 흥미를 잃어 손을 떼고 있었다.

"제시 리버모어, 공매도! 하하하."

기가 막힌 방법이 생각이 났다.

"속을 끓일 필요가 전혀 없네? 하하."

제시가 가장 자신 있어 하는 분야는 공매도였고 그렇기에 대찬은 공매도를 중점적으로 배울 수가 있었다.

"좋아, 그럼 해결됐다. 회사 주식을 내다 팔 필요도 없고 굳이 사업체를 늘릴 필요도 없다."

속 시원한 해결책은 대찬의 머리를 편안하게 해 주었다.

"그룹화는 해야겠지?"

덩치가 비대해진 대찬의 사업체들은 조직 개편을 통해 원활한 구조를 만들 필요가 있었다.

"앤디 씨."

호출하자 금방 사무실로 들어왔다.

일주일 뒤 전국에서 간부들이 샌프란시스코로 모였다.

그동안 늘어난 사업체만큼이나 사장 직함을 달고 있는 사람들이 많았는데 넓었던 회의장이 인파들로 무척이나 작아진 느낌이었다.

"오늘 여러분들을 소집한 이유는 회사의 조직 개편을 위해서입니다."

"조직 개편입니까?"

잔뜩 불안한 목소리로 말을 하는 사내가 있었다.

대찬이 말한 사람의 얼굴을 보니 준명이었다.

최근 농업 공황으로 인해서 수익이 거의 없는 지경이었다.

농업의 호경기는 1차 대전이 막을 내리면서 끝이 났다. 농민들은 다시 연방 정부에 도움의 손길을 청했다.

그들의 간청이 받아들여지지 않는 동안 다른 국민들, 특히 도시 거주자들은 호경기의 번영을 마음껏 누렸다. 현재는 그 어느 때보다 농업에 종사하는 사람들이 힘든 시기였다. 왜냐하면 농민들은 더 이상 자급자족할 수가 없었던 것이다.

그들은 기계류와 종자, 비료뿐만 아니라 공산품을 사기 위해 현금을 지불해야 했고 수입은 급격히 줄어든 상황이었다.

"누군가 자리에서 해임되거나 그런 것은 아닙니다. 여러
분에게 권한을 준 만큼 모든 일이 각 기업의 자의적인 판단
에 의해 경영이 되고 있는 상황입니다. 그런데 모든 보고서
가 나에게 올라오고 있습니다. 양이 너무 많아 혼자하기 벅
차고 너무 정리되지 않는다는 느낌입니다. 그래서 그룹화를
하고 모든 기업을 J.W로 브랜드화하며 총본사를 만들어 원
활한 시스템을 만들려고 합니다."

회의장에 있는 간부들은 모두 고개를 끄덕였다.

"해서 그룹의 부회장을 뽑을 생각입니다. 먼저 최철영 씨
그리고 에릭 고든 씨입니다."

짝짝짝.

회의장은 박수로 가득 찼다.

회의가 끝나고 대찬은 준명을 따로 불렀다.

"요즘 어때?"

"어휴, 죽을 맛이야."

"그 정도야?"

준명은 대찬을 물끄러미 쳐다봤다.

"JW는 인원 감축해야 되는 거 아니야? 카길은 적자를 감
당할 수가 없어서 이미 감축을 시작했어. 이대로 가다가는
회사에 큰 타격을 입힐 거야."

심각하게 말을 하는 준명과 달리 대찬은 크게 걱정을 하지 않고 있었다. 잉여 생산량을 전부 퀸샬럿제도로 보냈고 명건이 밀주를 만들어 판매하고 있기 때문이었다. 적지 않은 금액이었고 곡물 회사에서 보는 손해를 메우고도 수익이 발생하고 있었다.

다만 시대적으로는 범죄이니 공개적으로 말하지 못할 뿐이었다.

"걱정하는 바를 모르는 것은 아니야. 다른 대안은 생각해 본 것 없어?"

고개를 저었다.

"지금은 어떤 작물을 기르든지 크게 이익이 될 것 같지 않아."

"흠, 회사 분위기는 어때?"

"다들 엄청 불안해하고 있어."

곡물 회사는 작물을 기르고 수확하여 판매하는 아주 간단한 구조로 이루어졌다. 경기가 괜찮은 편에 속해 있을 때는 간단한 구조로도 충분한 수익을 올릴 수 있었지만, 지금 같은 상황에서는 수익을 올릴 수 있는 방법이 제한됨으로 크게 타격을 입을 수밖에 없었다.

'결국 회사가 수익을 올릴 수 있게 사업에 다변화를 가져야 한다는 건데…….'

자연스럽게 농작물로 만들 수 있는 고부가가치 산업에 대해서 생각했다.

'먼저 비닐하우스.'

가장 먼저 떠오를 수밖에 없었다.

계절에 맞지 않은 농작물은 꽤나 값어치가 나가니 수익에 큰 도움이 됐다.

'하지만 할 수 없지.'

아직 비닐 소재가 개발되지 않아 생각만 해야 되는 단계였다.

'유기농.'

화학비료와 농약을 사용하지 않는 농사 방법이었다.

여기에도 크게 걸리는 점이 있었다.

'이 시대 사람들이 먹을거리 안전성에 대해서 크게 생각을 할까?'

없지는 않을 것이라는 생각이 지배적이었다.

'마지막으로 바이오 디젤.'

미지의 구간이었다.

특히 석유의 가격이 비싸지 않으니 작물로 기름을 만드는 것이 더 비쌀 터였다.

'연구해 볼 필요가 있겠어.'

대찬은 차분히 정리하고 입을 열었다.

"내가 생각한 것이 있는데 한번 들어 볼래?"

"뭔데?"

잔뜩 궁금하다는 눈빛이었다.

"일단 고급화 전략을 가진 상품이 필요하다고 생각해."

"고급화?"

"먹고사는 데 여유가 있는 사람들을 공략하는 방법인데, 최고의 품질을 가진 상품을 고급화해서 판매하는 거야. 단, 여기엔 조건이 있어."

"그냥 최상품만 따로 판매하면 되는 거 아니야?"

"그렇게 허술한 방법으로 누가 고급 제품이라고 신뢰하겠어? 확고한 기준을 가지고 고급화하자는 거지."

"어떻게?"

"먼저 화학비료, 농약 사용 금지."

"그럼 작물이 제대로 자라지 않을 텐데?"

"그러니까 자연적인 방법을 찾아야지!"

"자연적인 방법?"

"우리 조상들의 논농사를 할 때 논에는 항상 우렁이와 미꾸라지가 있었어. 물론 의도치 않았지만, 농사에는 큰 도움이 되지 왜일까?"

"글쎄 잘은 모르겠지만 도움이 되지 않으면 네가 말을 하지 않았겠지?"

"맞아. 공생 관계를 이용해서 병충해를 예방할 수 있기 때문이야."

밥 한 공기를 쌀알로 세어 보면 대략 3천5백 알 정도고 벼로 치면 세 포기 정도다. 벼 세 포기가 자라는 공간의 논에는 서른다섯 마리의 올챙이가 살 수 있고 여기에는 여러 생물의 먹이가 되는 깔따구, 물벼룩, 늑대거미를 비롯한 수많은 생물이 살고 우렁이는 잡초를 뜯어 먹고 이 우렁이는 새들이 잡아먹었다. 벼가 자라나는 논에는 이렇듯 생물들이 먹이사슬을 이루어 공생하며 쌀을 길러 냈다.

"논에 사는 생물들은 논의 흙을 먹고 뱉어 놓은 배설물로 물렁물렁한 층을 만들어 주며 벼를 잘 성장하게 도와줘. 이런 방법을 통해서 웰빙 식품을 만들어서 고급화 전략을 통해 비싸게 판매해 보자는 거야."

"무슨 말인지는 알겠어. 그런데 이게 될까?"

"고급화 전략을 할 때 어떻게 길러지는지 그리고 기존 농사법으로 기른 상품과 무엇이 다른지 정확하게 구분해서 정보를 제공한다면, 충분히 해 볼 만하다고 생각해. 그리고 유리온실을 만들어 보는 것은 어떨까 싶어."

"유리온실?"

비닐하우스를 생각하다가 대안으로 생각이 난 것이 유리온실이었다.

"응, 비용은 꽤 많이 들겠지만, 온실을 만들고 그 안에서 계절에 맞지 않은 상품을 만들어서 판매한다면 비싸게 판매할 수 있을 것 같아."

"온실 정원처럼 말이지?"

"그런데 충분히 연구해 보고 시작했으면 좋겠어. 그리고 농법에 대해서도 개발하는 것이 좋지 않을까 싶다."

준명은 고개를 끄덕였다.

"마지막으로 바이오 디젤도 연구했으면 좋겠어."

"그건 뭐야?"

"현재 우리가 차를 움직이면 석유를 쓰잖아. 그런데 석유와 같은 기능을 할 수 있는 작물의 기름이 있다면 어떨까 해서."

"그다지 쓸모없어 보이는데? 이미 석유는 많이 나오고 가격도 충분히 싸잖아."

"미래의 일은 모르는 것 아니겠어? 당장 상용화하자는 말이 아니라 연구해서 개발한 다음 이 분야에 대해서 선점하자는 거야."

"어휴, 도대체 어디다 쓰려는지 모르겠지만 일단 알았어."

장시간에 걸친 두 사람의 대화는 저녁 무렵이 되어서야 끝이 났다.

"시간이 많이 늦었네."

대화가 이렇게 길어질 거라 생각하지 못하고 에릭과 철영에게 대화를 나누기 위해 기다리라고 한 것이 미안해졌다.

"이렇게 될 줄 알았으면 같이 이야기할 걸 그랬나?"

지나간 시간을 되돌릴 수 없으니 다음 면담을 진행하기 위해 서둘렀다.

곧 두 사람은 대찬의 사무실로 들어왔다.

"미안해요. 오래 기다렸죠?"

"괜찮습니다. 덕분에 생각을 정리할 시간을 가지게 됐습니다."

"에릭 씨하고 이야기도 나누면서 의견 교환도 하고 꽤 유익한 시간이었습니다."

"다행이네요. 식사는 아직 안 했죠? 우리 이야기는 식사하면서 하지요."

세 사람은 고급 레스토랑 전용 룸으로 자리를 옮겨 식사와 함께 대화를 나누기 시작했다.

"사업체가 많아 일이 많으니 제가 일일이 신경 쓸 수가 없더라고요. 그래서 앞으로는 사업체들의 전반적인 운영에 대해서 관여하지 않을 생각이에요. 반사적으로 두 분의 권한과 책임이 커지게 돼요."

"예상하고 있습니다."

에릭은 대답을 철영은 고개를 끄덕였다.

"두 분은 일선에서 물러나서 본사에서 총괄적으로 업무를 파악하고 지시를 내리는 건데, 두 분의 분야가 너무 다르니 원하는 부분을 집중적으로 관리하고 기록을 남겨 혹시 모를 부재 시에도 빠르게 업무를 파악할 수 있었으면 좋겠습니다."

"사업체 관리의 선택권을 주시는 겁니까?"

"맞아요. 원하시는 사업체를 두 분께서 논의한 다음 나누어서 관리하면 돼요. 대신 그렇다고 상대방 업무에서 손 떼라는 것은 아니고 핵심적인 요소는 파악하고 있어야 해요."

처음에는 대찬의 임의대로 집중적으로 관리할 사업체를 지정해 줄까도 생각해 보았지만, 그렇게 되면 능률이 떨어질 것 같아 자율권을 주었다.

그만큼 두 사람이 대찬에게 주는 신뢰감은 대단했다.

"무슨 말인지 잘 알겠습니다."

에릭은 꽤나 만족스러운 표정이었고 철영은 굉장히 신중한 표정이었다.

'참 성격이 달라.'

살아온 환경의 차이였는데 에릭은 어려서부터 성공하기를 간절히 바랐고 그렇기에 욕심이 많았다. 그래서인지 기쁜 감정을 숨기지 않았다. 반면 철영은 매사에 신중하고 확실한 것을 추구했다. 속을 알 수 없었지만 대찬은 그 누구보다 철영을 믿었다.

"그리고 지금부터 제가 하는 이야기는 절대 외부에 노출되어서는 안 됩니다."

대찬은 존과 함께 계획한 내용 중 일부를 알려 주었다.

정치 세력을 만드는 일은 서부를 중심으로 특히 두 사람의 도움이 필요했다.

"그러니까 사장님이 원하시는 것은 우리의 편이 되어 줄 정치인들을 두는 것입니까?"

"맞아요. 당장 워싱턴까지 줄을 대는 것은 필요하지 않습니다. 다만 앞서 겪었던 일이 많으니 정치적으로 우리를 옹호해 줄 세력이 필요하다고 생각해요."

"이것 참······."

에릭은 미묘한 뉘앙스를 풍겼다.

"왜 그래요?"

"개인적으로는 이런 일을 진즉 시작했어야 한다고 생각합니다."

대찬은 빙그레 웃었다.

"그러니까 더 늦기 전에 시작하자는 것이지요. 그리고 서부에 있을 때는 그런 일들을 걱정하지 않았잖아요."

"알겠습니다. 혹시 집중하고 싶은 인물이 있으십니까?"

"몇몇 유력 가문 인사들과는 친분이 있는데, 한층 더 돈독한 관계가 되었으면 좋겠네요."

기억하고 있는 몇몇 이들은 꼭 좋은 관계를 만들어야 될 필요가 있었다.

'특히 맥아더.'

그뿐만 아니라 해방 후에 일본이 전범국으로tj 제대로 된 대가를 치렀으면 했기 때문에 맥아더와는 좋은 관계를 만들 필요가 있었다.

"당장 진행하도록 하겠습니다."

아메리칸
드림

이야기가 끝이 나고 에릭이 먼저 자리를 떴다. 그러자 그 동안 닫혀 있었던 철영의 입이 열렸다.

"사장님."

"철영이 형, 할 말 있어요?"

두 사람만 있으니 대찬은 호칭을 편하게 했다.

"퀸샬럿 일은 어떻게 하실 겁니까?"

"흠, 예상은 했는데 어디까지 알아요?"

"저도 한인입니다."

많은 의미가 담긴 대답이었다.

"그럼 형은 알겠네요, 준명이 운영하고 있는 사업체가 비공식적으로 많은 수익을 올린다는 사실을요?"

"그렇습니다. 너무 위험하지 않겠습니까?"

"준비가 되어 있어요."

"그럼 사장님과 관련은 없습니까?"

고개를 끄덕였다.

"모든 건 명건 씨가 알아서 하고 있어요."

"잘 알고 계시겠지만, 분위기가 흉흉합니다."

금주법으로 술이 금지되었고 가격은 폭등했다. 그러자 여러 불법 조직에서 이권을 차지하기 위해서 폭력적인 일들을 많이 벌였고 요즘은 하나둘씩 수면 위로 올라오고 있는 상황이었다.

철영은 곧 미국 전역에 퍼질 명건의 악명을 걱정하고 있었다.

"일단 퀸샬럿제도는 치외법권 지역이라서 괜찮다고 생각하고 있어요."

"그렇지만 조자치를 얻은 사람은 사장님입니다. 바꿔 말하면 모든 책임을 지울 수도 있습니다."

"그래서 명건 씨가 운영하는 지역을 다 명건 씨 소유로 넘겨 버렸는데, 그래도 문제가……."

확신할 수 없었다.

외부에서 본다면 그저 눈 가리고 아웅 하는 격이었다.

"여기에 대해서는 따로 대비책을 마련해야 한다고 생각합니다."

"예를 들어서요?"

"지금은 표면적으로 사장님이 명건 씨에게 토지를 판매한 것처럼 보입니다만, 추적이 불가능할 정도로 난잡하게 만들어야 하고, 명건 씨 역시 표면에 내세울 대리인을 구해 연결고리를 찾는 것을 불가능하게 만들어야 되지 않을까 생각합니다."

"그런데 그렇게까지 할 필요가 있을까요?"

"저에게 명건 씨는 고려 대상이 아닙니다. 오로지 사장님의 안위가 중요합니다. 명건 씨는 아무리 발버둥 쳐도 그저 불법 조직의 수장이고 아무리 잘하더라도 조국 해방에 큰 영향력을 발휘할 수 없습니다. 개인적으로는 얼마 되지 않는 돈 때문에 명건 씨와 같은 인물이 사장님과 엮이는 것이 싫은 것뿐입니다."

아주 단호했다.

"그러니까 앞으로 그 연결 고리는 제가 맡겠습니다."

"그……."

"듣지 않겠습니다. 더 크게 생각하고 보시길 바랍니다."

철영은 말없이 자리에서 일어났다.

입지가 불안하기 짝이 없고 정략혼을 했지만, 언제든지 이혼을 할 수도 있는 아주 불안정한 위치에 있는 것이 이은이었다.

'방법이 없구나.'

정략혼을 하게 된 바탕에는 여러 가지 이유가 있었는데, 가장 큰 이유는 주변에 믿을 만한 국가가 없다는 것이었다.

러시아는 아시아를 중심으로 서진해서 영토를 회복하는 것이 주된 목적이었다. 그런데 주변이 있는 국가는 중국, 일본뿐이었다. 그리고 두 국가 모두 전쟁을 통해 좋지 않은 감정을 가지고 있었으니 애초에 동맹으로서 고려 대상이 아니었다.

그런 러시아의 눈에 띈 것이 사할린과 연해주를 구입해 간 캐나다였고 그 배경에는 한인들이 있다는 사실을 알게 되자 가장 큰 우방이 될 수 있다는 것을 깨달았다. 그래서 한인들의 대표격인 황실과 정략혼을 통해 얻을 수 있는 이익을 취하겠다는 것이었다.

시작은 좋았다.

혼인을 통해서 필요한 물자를 얻을 수 있었고 가장 필요한 무역항마저도 사용할 수 있게 됐다.

문제는 황제가 복상사로 세상을 떠나면서였다.

아들을 얻기 위해 노력했던 것이 독이 되었고 제1계승권자였던 올가가 황위를 이었다.

러시아에서 황실의 여자는 자국을 벗어날 수 없다는 것이 전통이었고 혼인을 하더라도 자국 내의 귀족들과 이루어졌다.

이를 바탕으로 이은과 올가를 압박하기 시작한 것이었다.

만약 이혼한다면 올가는 자국 내의 귀족과 혼인을 해야 하니 이것은 귀족들에게 새로운 기회였고 그 기회를 차지하고 있는 외국인을 못마땅하게 생각했다.

당장은 이은과 한인들을 통해서 얻는 이익이 크기 때문에 큰 소리를 내지 못하는 것이지 무언가 꼬투리가 잡힌다면 물어뜯을 준비를 하고 있는 것을 이은은 알고 있었다.

'외롭구나.'

러시아에 아무런 세력이 없다는 치명적인 약점을 가지고 있는 이은은 매일 지옥 같았다.

"대공 전하."

"무슨 일이냐?"

"알현을 요청하는 자들이 있습니다."

"나에게 말이냐?"

뜻밖에 말이었다.

최근 들어 아무도 찾아오지 않았기에 더욱 놀랐다.

"그렇습니다."

"되었다. 물리도록 하라."

이은이 거절하자 시종은 무언가를 건네주었다.

4명이 찍힌 사진.

1명은 친숙한 외모를 가지고 있었고 그 옆에 백인 여성과 아이 둘이 찍혀 있는 사진이었다.

이은은 아무 생각 없이 보고 뒷장을 보았는데 익숙한 글이 보였다.

-김인수.

둥그런 도장이 찍힌 흔적이었다.

"혹시 이 사진을 가지고 온 사람이 한인이냐?"

"아닙니다. 다만 사내가 말하기를 자신의 성씨는 김가라고 하였습니다."

"김가라 하였다?"

"그렇습니다."

이은은 잠시 고민하다가 입을 열었다.

"만나 보겠다."

준비된 장소로 들어가자 백인의 외형을 한 사내가 공손하게 큰절을 올렸다.

"그대의 외형은 백인이구나."

"맞습니다. 저는 김 코스타라고 합니다."

"그래? 네가 김가라고 하는데 그 연유를 말해 주겠느냐?"

"물론입니다. 제 부친은 고종 황제의 시종무관이었던 김인수라고 합니다."

"네 부친이 시종무관이었단 말이냐?"

"그렇습니다."

시종무관은 황제를 호종하던 일을 맡았던 무관이었다.

"참령 직위를 가지고 계셨고 러시아어 통역까지 하셨다고 들었습니다. 후에 러일전쟁이 터지자 러시아로 오셨고 빅토르라는 이름으로 1차 세계대전에서 대령으로 참전까지 하셨습니다."

"허, 참으로 놀라운 일이구나. 그래, 날 찾아온 이유가 무엇이냐?"

"풍문에 의하면 세력이 필요하시다고 들었습니다."

"하하, 그대가 나의 세력이 되어 준다는 말이냐?"

"그렇습니다."

"좋다. 그럼 나는 1명의 세력을 두었구나, 하하."

아메리칸
드림

자조적인 웃음과 비꼼이었다.

치기 어린 1명이 이은에게 가담한다고 해서 전체적인 분위기를 바꿀 수는 없었다.

"저 하나만 있는 것이 아닙니다."

"그럼 또 누가 있느냐?"

"1차 대전에 참전했던 4천 명의 후예가 있습니다."

"뭐라? 아국민이 그 험한 전쟁에 그렇게 많이 참전했느냐?"

"그렇습니다. '제3시베리아소총사단'에 한인들이 약 4천 명이 넘게 참전하였습니다. 이들은 모두 러시아 국적을 가지고 있는 자들입니다."

순간 이은은 아찔함을 느꼈다.

"네 말이 참이냐?"

"한 치의 거짓도 없습니다."

구명줄을 잡은 것 같았다.

"좋다. 그렇다면 증명하라."

"어떻게 말입니까?"

"규합하고 날을 정하라. 그리하면 약속된 날 그대들을 찾아가겠다."

"알겠습니다. 그럼 이른 시일 내에 그날을 만들어 보도록 하겠습니다."

대찬은 사업체들을 한데 모아 그룹화를 한 후에는 2명의 부회장에게 일을 나눠 주고 자신은 군수산업에 집중하기로 마음을 먹었다.

"얼마나 개발이 됐나?"

마지막 보고를 받은 이후 일이 바빠 간단하게 보고만 받았기에 현황 파악하는 것이 중요했다. 즉시 앤디에게 군수산업체에 관련된 모든 자료를 가져오라 지시했고 빠르게 읽기 시작했다.

자료를 본 대찬의 눈엔 감탄과 경악이 공존했다.

"와! 벌써 이런 걸 생각했단 말이야?"

대찬을 놀라게 하는 것은 미사일이었다.

14세기에 개발된 초기의 로켓은 화약 또는 그와 유사한 연료를 태움으로써 가속을 얻는 단순한 형태였고, 적 진영, 장비, 함선에 불을 지르는 용도로 많이 사용되었다. 그러나 총포류의 발달로 사정거리와 화력이 달리고 취급하기 어려운 로켓은 16세기 중반부터 전장에서 사라지게 되었다.

그런데 반대로 로켓의 개념을 잘 이용해서 무기로 사용하는 나라가 있었는데 그것이 조선이었다.

세종 30년(1448년)에 개발된 신기전神機箭은 당시 세계 최고의 로켓 기술이었고 발사하기 위해 만들어진 화차인 신기전기神機箭機는 다연장 로켓 발사 장치였다.

"미사일은 당연히 개발해야지."

별도로 관리하기 위해 따로 문서를 빼놓았고 계속해서 자료를 읽었다. 그러다 재미있는 자료를 찾았다.

"이야, 코너 샷도 이렇게나 많이 개발되었단 말이야?"

1차 대전 당시 잠망경이 달린 총기를 보고 힌트를 얻어 미리 특허를 선점했던 코너 샷도 꾸준하게 개발이 되어 탄창의 위치, 거울의 위치 등 유용한 방향으로 많이 개발되었다.

일일이 점검하고 검토하는데 숨이 탁 막히는 부분이 있었다.

"화학무기……."

정말 고민되는 부분이었다.

'시대가 돌아가는 흐름상으로는 개발하는 것이 맞기는 하지만 영 께름칙하단 말이지. 자세히는 모르지만 아직까지 화학무기 사용 금지에 대한 조약도 없으니 포기할 수도 없고. 일본과 전쟁을 하면 일본은 분명히 화학무기를 사용할 거야.'

일왕인 히로히토의 명령으로 1932년 만들어지는 731부대는 끔찍한 인체 실험을 통해서 무기를 연구 및 개발한 것으로 유명했다. 그리고 전쟁이 끝나고 전후 처리 당시 극동 국제 군사 재판 때 일본의 생체 실험 문제가 언급되었으나, 관련자들은 실험에서 얻은 자료들을 미국에 제공하고 러시아에 넘겨주지 않는 대가로 처벌을 받지 않았다.

결국 실질적으로 처벌을 막은 것은 미국이라고 할 수 있었다.

살아남은 731부대의 인원들은 일본 의료계의 핵심 세력으로 남아 성공 가도를 달렸다.

"해야 되겠지?"

내키지는 않았지만 대찬의 판단은 해야 한다는 쪽으로 기울었다.

모든 생각의 정리가 끝이 나자 당장 화학무기 개발 책임자를 불렀다.

"에이단 척입니다."

"반가워요. 급하게 불러서 미안합니다."

"아닙니다. 회장님을 뵙게 되어서 영광입니다."

"현재 어느 정도로 진행되었나요?"

"살상력을 갖춘 단계입니다."

대찬의 생각보다 개발이 많이 진척된 상황이었다.

"제 예상보다 빠르네요."

"여건이 좋다 보니 연구진의 집중력이 최고입니다."

고개를 끄덕였다.

"사실 오늘 이 자리에 부른 이유는 화학무기 개발 팀의 보안을 올리기 위해서입니다."

"이유를 물어도 되겠습니까?"

"화학무기가 굉장히 매력적인 무기라는 것은 공감하고 있습니다. 하지만 너무 비인도적인 분야라서 외부에 많은 정보를 주기가 꺼려집니다."

"하지만 얼마 전까지만 해도 각국에서 주력 무기로 사용했었습니다. 도대체 총이나 포를 이용한 전투나 화학무기를 이용한 전투나 무슨 차이가 있는지 잘 모르겠습니다. 기본적으로 살상을 위한 무기 아니겠습니까?"

어차피 똑같은 무기고 적을 죽이기 위한 것이니 전투에 왕도가 따로 있냐는 듯이 물었다.

"살상을 위한 것은 맞지만, 차이점이 있습니다. 뭔지 알고 있나요?"

"경청하겠습니다."

"화기를 통한 전쟁은 부상을 입은 병사들이 살아날 가능성이 조금이라도 있습니다. 반면에 화학무기는 부상 따위는 배제하고 오로지 죽음만 있으니 비인도적이라는 것이지요."

"그럼 어떻게 하면 좋겠습니까?"

"에이단 씨와 연구진의 노고에 대해서 부정하거나 외면하는 것이 아닙니다. 다만 위험도가 높으니 조금 더 보안을 높이고 외부에 정부가 누출되지 않게 철저히 했으면 합니다."

"회장님이 원하시는 바를 알겠습니다. 다만 연구진이 개발하고 만들어 낸 성과에 대해서 비공개 원칙을 가지신다면 연구진들이 얼마나 버틸지 알 수 없습니다."

    사회적인 명성을 얻고 더 높은 곳을 향해 가는 연구진은 회사를 떠날 수밖에 없다고 압박했다.

    "대신 지금보다 훨씬 높은 연봉과 편의를 제공하겠습니다."

    "제가 연구진을 설득할 수 있을 만큼입니까?"

    "물론입니다. 지금의 배 이상의 연봉을 약속하지요."

    잠시 고민을 하던 에이단은 다시 입을 열었다.

    "제공해 주신다는 편의는 어떤 것입니까?"

    "쾌적한 환경과 집 그리고 의료 마지막으로 자식들의 대학교 학비까지 지원하겠습니다."

    "……설득해 보겠습니다."

    "그럼 고용 계약서를 다시 작성하는 것으로 알겠습니다."

    "네, 그럼 다시 뵙겠습니다."

    며칠 뒤 에이단의 설득에 응한 사람들과 함께 면담 자리를 가지게 되었다.

    "기존 연구진의 3분의 1 정도가 떠난다고 했습니다."

    "연구에 지장이 있나요?"

    "핵심 연구원이 몇 있지만 크게 지장이 있는 정도는 아닙니다."

    "알겠어요. 자, 그럼 지금부터 나누어 주는 서류를 읽어 주시기 바랍니다."

    대찬이 고갯짓을 하자 앤디는 몇 장의 서류를 연구원들에게 나누어 주기 시작했다.

－보안 서약서

"여러분들을 못 믿어서가 아니라 앞으로 그룹의 모든 연구원들은 이 보얀 서약서를 작성하게 됩니다. 다만 여러분의 서약서는 그룹 내에서도 특급임을 알려 드립니다."

"그럼 외부에 발설만 하지 않는다면 기존과 똑같다는 말입니까?"

"맞습니다. 기존 고용계약보다 나으면서도 보안만 지키면 되는 것입니다."

"고용계약서도 보여 주시겠습니까?"

"좋습니다."

말이 끝나자 앤디는 눈치껏 또 다른 서류를 연구원들에게 주었다.

"확실히 조건이 좋네요."

"이런 조건이라면."

서로 의견 교환을 하다가 마음에 들었는지 연구원들은 펜을 들어 서류에 서명했다.

"자, 계약도 했으니 여러분에게 당부하고 싶은 말이 있습니다."

연구원들은 대찬의 입에 집중했다.

"굉장한 살상력을 가진 무기이다 보니 잘못 사용될 경우 비극을 초래하게 됩니다. 그러니 보안을 철저하게 해 주시고 저 역시 비극적인 일에 사용되지 않게 노력하겠습니다."

　사람들은 깊이 공감하는 것 같았다.

　한 연구원이 말했다.

　"사실 저도 매일 위험한 무기를 만든다는 것이 부담되고 무섭기도 합니다. 하지만 비극을 만들지 않겠다는 회장님의 말이 상당한 신뢰감을 줍니다. 신경 써 주셔서 감사합니다."

　자리는 화기애애하게 마무리되었다.

　대찬은 사무실에 홀로 남아 소파에 깊숙이 앉았다.

　"가면 갈수록 어렵다."

　부담되는 일이 점점 늘어만 갔다.

염원

따르릉.

조용하게 있던 전화가 울렸다.

"여보세요."

-회장님? 에릭입니다.

"웬일이에요?"

-저번에 말씀하셨던 이야기 있잖습니까?

"저번이라면?"

-아마 생각하는 게 맞을 것입니다. 그래서 소개해 드릴 분이 있습니다.

재빠른 행동을 보여 주는 에릭에게 혀를 내둘렀다.

이게 시작이었을까?

매일 누군가를 만나기 위해 정신없이 돌아다니기 시작했다.

"와! 정치하는 사람이 왜 이렇게 많은 거야?"

능력이 유무를 벗어나서 많은 사람이 정치계에 투신하고 있다는 것이 놀라울 따름이었다. 특히 에릭이 먼저 거르고 난 다음이었는데도 불구하고 만날 사람이 너무 많았다.

만나고 나면 대화는 비슷했다.

"서부의 대표 경제인을 드디어 만나게 되는군요. 하하, 반갑습니다."

처음에는 이런 비슷한 말로 대찬을 칭찬해 주고 한참을 사담을 나누었다.

그러다 대찬은 넌지시 미끼를 던진다.

"어휴, 진즉 만나 뵈었다면 서로 돕고 살 수 있었을 텐데요. 제가 생각이 짧아 거기까지 생각을 못 했습니다."

이렇게 말을 하면 반응은 두 가지였다.

고개를 끄덕이며 '지나간 일이 아쉽기는 하지만, 지금이라도 늦은 건 아니지 않겠습니까?'라고 답을 하며 연을 쌓길 바라는 사람과 반대로 모르쇠로 일관하는 사람.

또는 '무슨 일을 말씀하시는 건지 잘 모르겠습니다.'라며 모른 척 시치미 떼며 우위를 점하길 원했다.

이는 정치인들의 생리였다.

하나를 얻기 위해서는 하나를 제공한다.

정치인들은 원하는 것을 마음대로 차지할 수 없음을 잘 알고 있었다. 전자의 사람들은 만남을 통해 발생되는 친분을 이용해 필요한 것을 좋은 분위기에 교환하며 대찬과도 좋은 관계를 유지하겠다는 것이고, 후자는 분위기에 휩쓸리지 않고 냉정하게 판단해 이득이 없을 경우 바로 발을 뺄 수 있게 준비하는 것이다.

하나 대찬은 정치인들을 믿을 생각이 전혀 없었다.

'언제든지 빈틈만 보이면 돌변해서 물어뜯을 준비가 되어 있는 승냥이들.'

그렇지 않은 이들도 있을 터였지만, 기본적으로 회귀 전 정치인들에 대한 믿음이 처참한 수준이었기 때문에 겉으로는 웃고 있었지만 속으로는 경계하기 바빴다.

입으로는 꿀 같은 소리를 하지만 배 속에는 칼을 숨기고 있다는 구밀복검口蜜腹劍의 고사를 생각하며 경계 또 경계했다.

'어차피 다 끌고 갈 수 없다. 핵심만 끌고 가야지. 옥석을 잘 가려야 돼.'

믿을 수 없는 사람을 근처에 두는 것만큼은 사양하고 싶었다.

다만 예외는 존재했다.

케네디, 루스벨트 등 미국의 유력 가문 그리고 이름을 알고 있는 미국의 차기 대통령들과는 무조건 선을 대야만 했다.

'쉽지 않아.'

그나마 친분이 있는 프랭클린 루스벨트는 1921년 캄포벨로의 여름 별장에서 찬물에 빠진 이후 소아마비 진단을 받고

걷지 못했을 뿐만 아니라 지체 장애까지 온 상태였다.

대통령이 되는 것을 확실히 알고 있었기에 꾸준히 편지로 교류하고 있었지만, 프랭클린을 통해 유력 가문과 친분을 쌓는다는 계획은 시작도 하기 전에 물거품이 돼 버린 상태였다.

'그런데 정계 복귀는 할 수 있나 모르겠네. 열심히 재활과 치료를 하고 있다지만…… 미래가 바뀌는 것은 아니겠지?'

걱정됐다.

대찬이 가장 관심을 가지고 있는 개인화기는 저격 소총과 산탄총이었다.

소규모 게릴라 활동을 중심으로 움직이는 광복군에게 멀리서도 정밀하게 타격하고 탈출할 수 있는 최고의 무기는 저격 총이었고 산탄총은 발사됨과 동시에 넓게 분사되는 총알의 특성상 정확한 조준이 필요 없기 때문에 근접전과 견제에 큰 위력을 발휘했다.

각기 장단점이 있었지만, 게릴라 활동에 이보다 좋은 총기는 없다는 것이 대찬의 판단이었다.

개발을 지시한 시제품이 도착했다.

"흠."

너무 마음에 들지 않았다.

특히 저격 총은 기존 소총에 조준경이 달려 있는 것이 다였다.

'대물 저격 총을 바란 것은 아니었지만, 좀 심하네.'

대찬은 총기를 들고 사격 자세를 취했다.

"한번 쏴 봐야겠다."

총기를 시험해 보기 위해서 인적이 없는 곳으로 향했다.

들판 멀리 표적을 세워 두었고 대찬은 예전 기억을 살려 자세를 잡았다.

노리쇠를 당기고 밀어 총알을 장전했다.

숨을 참고.

자연스럽게 방아쇠를 당겼다.

탕!

시끄러운 소리가 고막을 때렸다.

'우탄.'

바람의 영향인지 표적의 옆에 흙이 튀었다.

다시 조준하고 조금 전처럼 장전 후 숨을 참고 천천히 방아쇠를 당겼다.

탕!

'명중.'

곧 총기에서 총알을 제거했다. 혹시 모를 안전사고를 대비하기 위해서였다.

'K14하고 비교해도 한참 부족해.'

회귀 전 군 생활 하며 주로 사격해 본 총기는 K14였다. 국내 총기 업체에서 최초로 만든 저격 총이라는 것에 의미가 있었는데 세간의 평가는 성능과 가격으로 군소리가 많았다.
하지만 가장 많이 사용해 본 총기라 비교 대상으로는 안성맞
춤이었다.

'처음부터 다시 시작하라고 해야겠다. 이래서는 저격 총이
라기보다는 그저 소총에 조준경만 단 일반 총기야.'

절로 혀를 찼다.

다음으로는 산탄총을 시험했다.

탕.

첫 발 이후로 몇 번을 더 쐈다.

순식간에 벌집이 된 표적지가 눈에 들어왔다.

'재장전 시간이 너무 오래 걸리네. 이래서야 근접전에 장
전하다가 당하겠어.'

첫술에 배부를 수는 없지만 너무 마음에 들지 않았다.

대찬은 시험 사격 후 전면적으로 기초 단계부터 다시 연구
를 요구했다. 그리고 딱 한 가지만 광복군에 빠른 시일 내에
보급하기를 원했는데 조준경이었다. 기존 소총에 조준경만
달면 망원경의 역할도 할 수 있고 사격도 수월하다고 판단했
기 때문이었다.

다시 사무실로 돌아오니 반가운 편지가 도착해 있었다.

이번 자네의 편지에 많은 생각이 들었다네.

기본적인 장비 외에도 '냉병기'와 권총을 추가해 어느 상황에서

도 최소한의 전투력을 보존하고 이를 통해 생존율을 높이자니 개개인의 화력을 극대화하자는 제안은 인상 깊었네.

하나 이런 것들이 중요한 것이 아니라네.

광복군은 이미 국내 진공에 어느 정도 준비가 되었다고 자신하고 있으니 언제까지 기다려야 하냐며 불만이 팽배하네. 당장이라도 승리할 수 있을 만한 사기와 준비된 군인들이 있네. 그리고 모두의 염원이 조국 광복이니 요즘은 한층 더 국내 진공을 하자는 주장이 크게 일고 있다네.

자네는 시기와 때를 기다려 완벽한 승리를 바라는 것을 알고 있지만, 요즘은 내 마음에도 불이 일렁이고 있으니 나 역시 언제까지고 기다릴 수만은 없을 것 같네.

편지를 읽고는 대찬은 내용을 다시 곱씹었다.

"이제 더 이상 막을 수 없겠네."

끊이지 않는 소규모 전투를 보면 기본적으로 광복 활동을 하는 사람들이 대부분 강경파에 속해 있음을 알 수 있었다.

그리고 기존 역사의 광복군 활동과는 다르게 국가의 품격에 걸맞은 군대를 한인들은 가지고 있었고 광복을 할 수 있다는 확고한 믿음도 가지고 있었다.

"참은 게 용하지."

더 이상 광복군을 말릴 수 없음을 느낄 수 있었다.

'다만 문제 되는 게 있는데, 연해주는 현재 캐나다 영토로

되어 있다는 거야.'

캐나다 영토에서 대규모 군대가 남하하여 국내 진공을 한다면 이건 일본과 한인들 간에 문제가 아닌 캐나다가 일본을 침공하는 형상이 되었다.

'이걸 어떻게 해결하느냐가 문제야.'

모든 상황을 고려했을 때 광복군의 국내 진공은 무리였다.

걸림돌이 되는 것은 국제 정세였다.

'차라리 연해주를 독립시켜?'

절로 고개가 저어졌다.

한참을 더 고민했지만, 결론은 하나였다.

'그럼에도 불구하고 말려야 한다.'

대찬 역시 속이 쓰렸다.

'나라 없는 서러움이 이런 거구나.'

대찬의 눈가에 눈물이 살짝 맺혔다.

눈치를 보지 않으면 생존할 수 없는 환경과 공식적으로 우리나라와 우리 영토가 없다는 사실은 국제사회에서 외면당할 수밖에 없었다.

대찬은 답장을 쓰기 시작했다.

눈물과 함께 펜대를 듭니다.

오늘같이 서러운 날이 없었던 것 같습니다.

조국 광복의 소원은 저 역시 가지고 있습니다. 하루라도 빨리 우리 조상들의 얼이 담겨 있는 흙을 밟는 그날을 고대하고 있습니다.

그럼에도 불구하고 저는 당장 국내 진공을 하는 것을 막을 수밖에 없습니다.

진공하지 못하는 첫 번째 이유는 우리의 국가가 없기 때문입니다.

둘째로는 국내 진공을 하는 순간 우리의 뒤를 봐주는 국가들이 전부 등을 돌릴 것입니다.

셋째 실패하면 두 번 다시 기회가 오지 않을 것입니다. 이 말은 우리 힘으로 조국 광복을 할 수 없다는 뜻입니다.

힘들게 쌓아 놓은 우리의 모든 것이 날아가 버릴 것입니다.

이런 모든 것을 담보로 성공할지 확신할 수 없는 일에 대해서 모든 것을 대가로 걸 수는 없습니다.

개인의 영달을 위한다고, 제가 매국노라고 누군가 말할 수 있습니다. 그럼에도 불구하고 그런 오명을 뒤집어쓰더라도 말려야겠습니다.

제발 때를 기다려 주시기 바랍니다.

편지를 밀봉하기까지 시간이 오래 걸렸다.

이렇게 편지를 보내는 것이 너무나 마음 아팠다.

시간이 이처럼 더디게 가는 것이 마음에 들지 않았다.

이은은 조용히 전달된 밀서를 받고 가장 믿는 호위를 대동하고 몰래 궁을 벗어났다.

"전하, 이쪽입니다."

기다리고 있던 사내는 코스타였고 길 안내를 시작했다.

자꾸만 이상한 길로 안내하자 경계심이 무럭무럭 솟았지만, 현재 자신의 상황이 너무 궁해 속는 셈 치고 따라갔다.

아주 큰 위험이 뒤따르는 일이지만, 그렇다고 상황을 타개할 수 있는 해결책을 외면할 수 없었다.

얼마 뒤, 궁에서 멀지 않은 곳에 위치한 술집으로 들어갔다.

들어가 보니 건물 외견에 비해서는 넓은 실내였다.

쓰고 온 후드를 벗자 순식간에 조용해진 술집.

"황태자 전하이십니다."

코스타의 외침에 좌중들은 일제히 절했다.

익숙한 머리카락 색과 간간이 보이는 상투를 튼 머리.

모두가 일어나자 이은의 입이 열렸다.

"그대들은 한인이오?"

"그렇습니다!"

"러시아 국적을 가지고 있소?"

"가지고 있습니다."

"여기에서 1차 대전에 참전한 자가 있소?"

몇몇 사람이 손을 들었다.

"그대 이름이 무엇이오."

"한창걸이라고 합니다."

"그대의 이름은?"

"니콜라스 유가이, 우리 이름으로는 유병철이라고 합니다."

"황실의 무능함 때문에 외국 전쟁에 참전하게 만든 점 사죄하겠소."

고개를 숙였다.

"그리고 또다시 미안하오. 러시아 국적을 가졌다는 이유로 그대들의 도움을 청할 수밖에 없소."

"괜찮습니다. 명만 내려 주십시오!"

이은의 눈에 눈물이 핑 돌았다.

이제까지 마음고생했던 것이 생각이나 참을 수가 없었다.

그리고 술집은 순식간에 울음바다가 되었다.

"아라랑, 아라랑……."

누군가 부르기 시작한 함경북도 아리랑이 울려 퍼졌다.

고향을 떠나서도 고국을 잊지 않고 불렀던 민요는 계속해서 불려 오고 있었다.

안중근은 대찬이 보낸 편지를 받았다.

어떻게든 진공을 참아 달라는 부탁이 담겨 있었고 내용이
너무 타당한지라 외면할 수도 없었다.

"어휴."

입에서 절로 한숨이 나왔다.

걱정이었다.

동지들을 어떻게 설득할지 고민됐다.

결국 아무런 방법도 생각해 내지 못한 채 밤을 지새웠다.

하늘 높이 떠오르는 해를 보고 무거운 발걸음으로 회의장
으로 가자 여전히 국내 진공을 두고 갑론을박을 하고 있었다.

"소규모 활동으로는 더 이상 광복에 진전이 없다는 것이
확실해졌습니다. 그러니 당장 국내 진공을 통해 광복을 쟁취
해야 합니다!"

"맞습니다! 시간이 얼마나 지났습니까? 경술국치 이후 벌
써 10년이 넘는 시간이 흘렀는데 아직도 진전이 없습니다.
이제는 결단을 내려야 할 때입니다!"

"옳소!"

안중근은 눈앞이 캄캄했다.

광복군은 답답한 상황에 내부적으로 불만이 폭발하기 일
보 직전이었다. 수많은 계파와 정치 이념을 뒤로하고 오로지
광복을 목적으로 하나의 집단이 되었다. 그렇다 보니 사소하
거나 혹은 크거나 계속해서 갈등은 생기고 있었는데, 이를
해소하지 못하고 있는 상황이었다.

옆에서 이야기를 듣고 있던 안창호가 말했다.

"그 마음은 충분히 공감하고 있습니다. 다만 국제 정세를 생각하면 지금은 군을 일으켜 진공하는 것이 이치에 맞지 않기 때문에 참아야 하는 시기입니다."

"내 나라를 내가 싸워서 되찾겠다는데 국제 정세를 왜 따지며, 내 집에 들어가겠다는데 이치가 무슨 상관이 있다는 말입니까!"

"그러니까 문제가 있다는 말입니다. 외국에서는 한반도를 다른 국가로 보는 것이 아니라 일본으로 보고 있으니 큰 문제가 아닙니까? 아무리 우리나라, 우리 집, 우리 영토라고 당연한 권리를 말하고 있지만, 대한제국이라는 나라는 이미 세계에 없고 우리는 국적이 없는 상태입니다."

한인들이 처한 상황의 핵심을 짚었다.

회의장의 뜨겁던 열기는 순식간에 싸늘하게 식었다.

"도대체 그동안 힘을 가지기 위해 노력하며 단 하나의 목적을 위해 칼을 갈며 준비한 이유가 무엇입니까? 모두가 하루라도 빨리 광복을 성취해 내기 위함이 아닙니까?"

"우리 광복군이 일본군이 유지하고 있는 상비군인 50만을 넘었습니까? 아니면 해상을 장악할 해군 전력을 비등하게 가지고 있습니까?"

"진공만 한다면 광복군에 동조할 천만 동포들이 이미 있는데 무얼 그리 걱정하십니까? 그리고 50만 병력 많지요. 하나

저들도 사정이 있으니 모든 병력을 한꺼번에 우리에게 집중하지 못할 것 아닙니까?"

"추가로 증원되는 병력은요? 그리고 또 보급은 어떻게 하실 생각입니까?"

"허, 참으로 걱정이 많으십니다. 광복을 눈앞에 둔다면 동포들이 자연스럽게 지원하고 도움을 줄 것입니다."

안창호는 고개를 저었다.

"어휴, 너무 답답하십니다. 우리가 상대하는 일본의 군대는! 현대화된 최정예의 군대입니다. 여기에 맞서 광복군이 추구하는 것도 그 군대와 싸워서 이길 수 있는 전략, 전술 더불어 걸맞은 능력을 가지는 것입니다. 그런데 자연스럽게 동포들이 도와줄 것이다? 어린아이의 고사리손이라도 빌려서 광복하고 싶은 마음은 알겠습니다. 하지만 상황이 우리 편이 아닌데, 모든 것을 걸고 도박성이 짙은 전쟁을 하는 것은 맞지 않습니다."

"도박이라니요! 제 눈에는 충분히 승산이 있다고 판단되기 때문에 진공을 주장하는 것입니다!"

"너무 흥분하신 것 같습니다. 잠시 바람이라도 쐬고 진정하셨으면 합니다."

분위기가 과열되자 홍범도가 나서서 중재했다.

"에잉!"

사내는 심기가 불편한지 거칠게 자리에서 일어나 회의장

아메리칸
드림

을 나갔다.

분위기는 환기되는 했으나 이것도 잠시 계속해서 진공을 해야 하는지를 두고 열띤 토론을 이어 갔다.

"……."

시끄러운 회장과는 반대로 아무 말도 않고 가만히 고심하고 있는 안중근을 눈치챈 사람이 있었다.

이동휘였다.

"무슨 생각을 그리 골똘히 하십니까?"

"아, 잠시 딴생각을 했습니다."

"……혹시 금산에게 편지가 왔습니까?"

대찬과 계속해서 교류하고 있다는 것은 조금만 귀가 열려 있어도 알 수 있다. 그만큼 두 사람의 관계는 끈끈했다.

"그렇군요. 말없이 고심하는 이유가 짐작됩니다."

직접 받지는 않았지만, 편지의 내용을 예측한 듯 말했다.

"이대로 가면 광복군은 사분오열됩니다."

차마 아니라고 말할 수 없었다.

내부의 불만이 적절하게 해소할 수 있는 범위를 벗어나고 있다는 것을 느끼고 있었기 때문이었다.

"잘 알고 계시겠지만, 저 역시 당장 국내 진공을 해야 한다는 쪽입니다. 그리고 도마 역시 은연중에 동조하고 있다는 것을 느끼고 있었습니다. 그런데 한순간에 태도가 바뀌는군요. 금산이 뭐라고 설득했는지 물어도 되겠습니까?"

안중근은 말 대신 품속에서 대찬의 편지를 꺼내 이동휘에게 건네주었다.

빠르게 움직이는 눈.

순식간에 편지를 읽어 내려갔고 곧 편지를 안중근에게 되돌려주었다.

"반박하고 싶지만 모든 기반을 금산이 만들었으니 작금의 상황도 그가 제일 잘 알고 있겠지요. 그리고 그 말이 정답일 겁니다."

"이해해 주니 다행입니다."

"네, 그래서 저는 떠나야겠습니다."

"떠나다니요?"

깜짝 놀라 되물었다.

"지난 코민테른 집회에서 레닌과 면담을 할 수 있는 기회가 있었습니다. 그때 레닌이 소수민족의 자주독립을 위해 지원하겠다고 약속했었습니다. 그러니 그쪽에 도움을 청해 광복해 봐야겠습니다."

"하지만 레닌은 이미 고인이 되지 않았습니까?"

"공산주의 동지이니 박대하지는 않을 것이고 스탈린은 레닌의 후계자이니 레닌의 약속을 들어줄 것이라 의심치 않습니다."

"그렇다 하더라도 하나로 결집해서 때를 기다리는 것이 더 좋지 않겠습니까?"

"아닙니다. 이대로 간다면 곪아서 터질 것을 잘 알고 있잖습니까? 차라리 이번 기회에 이념에 대한 갈등을 해소하는 것이 내부 불만을 해결하는 기회가 될 것이라고 생각합니다."

완벽한 해결책은 아니었다.

하지만 이념에 대한 갈등이 줄어든다면 국내 진공을 주장하는 강경파에 온전히 집중할 수가 있었다.

"그럼 그렇게 알고 준비하겠습니다."

안중근은 아무 말도 할 수 없었다.

♣

대찬은 일이 줄어 여유로워질 것이라고 예상했지만, 반대로 매일 시간이 부족해 정신이 없었다.

회사 업무를 마치고 난 다음에는 끊임없는 사교 활동.

바쁘게 시간을 보내다 보니 새해가 되었고 한 가지 소식을 듣게 되었다.

—김달하 처단.

화들짝 놀랐다.

광복군 내부에서 활동하며 일제의 밀정으로 활동해 증거

를 잡았고 처단했다는 것이었다.

　김달하의 평가는 이랬다.

　―문학 면에서 대단한 재질을 가지고 있었으며 이승훈과 안창호와도 친한 교제를 해 오던 사이로 관서 지방에선 상당히 이름이 알려져 있다. 그와 만나 경사經史를 토론하면 할수록 그의 박학다식함에 놀라지 않을 수 없다.

　평가가 좋은 사람이었고 독립운동가들에게 신임을 얻은 사람이었기에 한인 사회는 충격에 빠졌다.

　그의 정체가 탄로 난 것은 김창숙을 매수하려다가 총독부의 고급 밀정임이 들통이 났기 때문이었다. 어느 날, 김달하가 광복군의 곤궁한 처지를 동정하는 말과 함께 은밀하게 조선총독부 경학원의 부제학 자리를 제의하며 귀국을 권유하였던 것이었다. 이에 김창숙은 사람들이 평소 김달하를 일본의 밀정으로 의심한다는 얘기가 무근한 것이 아니었음을 깨달았고 그를 제거하기로 마음먹었다.

　김창숙은 바로 이회영과 김달하의 처치를 의논했고 광복군에 알려 빠르게 처단하기로 했다. 그리고 광복군은 특수조에 있던 이종희와 이가환을 실행자로 지명했다.

　두 사람은 1925년 3월 30일에 원동에 있는 김달하의 집을 불시에 방문하여 그를 불러 앉혀 놓고 반민족 행위로 미리 작성된 사형선고서를 낭독한 후 포승줄로 교살絞殺하였다.

이 일의 파장은 컸다.

광복군의 안에 그것도 연해주에 고급 밀정이 버젓이 돌아다닌다는 사실을 알고 난 다음부터는 서로 의심의 떨칠 수가 없게 된 것이다.

'이완용 빼고는 매국노를 잘 모르는데…….'

보통 위인들을 배우고 공부하기 때문에 매국노에 대해서 자세히 알 수 있는 기회가 없었다.

생각지도 않고 있었던 문제였기에 대처할 방법이 마땅히 생각나지 않았다.

'거짓말탐지기가 있는 것도 아니고 일일이 조사할 수도 없고 이것도 또 큰일이네.'

조금이라도 대찬이 도움을 줄 수 없는 일이었다.

그저 광복군 스스로 정화할 수 있길 바라는 수밖에 없었다.

따르릉.

"여보세요."

-대찬이야?

"누구시지요?"

-나야 내! 명환이.

"아, 오랜만이야 잘 지냈어?"

-하하, 왜 이렇게 딱딱해? 회장님 되더니 목소리가 위엄 있어졌다?

"실없는 소리 말고 웬일이야?"

−오랜만에 하와이 가는데 네 얼굴 보고 가려고.

"지금 샌프란시스코야?"

−맞아, 시간 돼?

대찬은 일정표를 살폈다.

빽빽하게 들어차 있는 일정.

'친구 만나는 건데…… 하루쯤이야.'

"어, 이따가 보자."

−그럼 이따가 여섯 시에 레스토랑에서 봐.

전화를 끊고 대찬은 앤디에게 일정을 취소해 달라고 부탁했다. 그리고 시간이 되자 명환과 약속한 레스토랑으로 향했다.

웨이터는 대찬의 얼굴을 알아보고 익숙하게 전용 룸으로 안내했다.

"명환아 반갑……."

대찬의 입이 탁 막혔다.

"그간 잘 지내셨습니까?"

"왔어?"

두 사람이 말을 건넸다.

'아, 이 자식은 이 사람을 왜 끌고 온 거야?'

뜻밖의 인물은 서재필이었다.

"네, 오랜만입니다."

사무적인 말투가 나왔다.

"하하, 여전하신 것 같습니다."

"대찬아, 앉아 밥 먹자."

"어, 어, 그래."

명환이 주로 이야기하고 서재필은 거들고 대찬은 듣고만 있는 상황이 계속되었다.

'이거 밥을 입으로 들어가는지 코로 들어가는지 모르겠네.'

불편하기 짝이 없었다.

그때 서재필이 말을 걸었다.

"회장님은 김달하 이야기를 들으셨습니까?"

"아, 네, 들었습니다."

"어떻게 생각하시는지요?"

"민족 반역 행위였으니 마땅한 응징을 취했다고 봅니다."

"그건 저 역시 동감입니다. 그런데 민족 반역 행위의 처벌 기준이 뭐라고 생각하십니까?"

순간 대찬의 정신이 번쩍 들었다.

'이것 봐라?'

왜 명환이 혼자 나오지 않았는지 이해가 됐다.

"동포들을 배신하는 행위가 반역 행위의 기준이라고 봅니다."

"정신적인 배신을 말씀하시는 겁니까? 아니면 물질적인 배신입니까?"

"둘 다라고 생각합니다."

"그렇다면 자신의 죄를 지었다는 사실을 인식하지 못했다면 그건 반역 행위입니까? 아닙니까?"

"확실히 반역 행위입니다."

"이유가 무엇입니까?"

"이유가 어찌 됐건 그 행동으로 인해 동포들이 고통받았으니까요."

"그럼 그 사람은 용서받을 수 없는 것입니까?"

"응당한 대가를 치른다면 용서받을 수 있을 것이라고 생각합니다."

대찬은 명환을 쳐다보았다.

"다음에는 우리 둘이 식사할 수 있으면 좋겠다."

대찬은 불편한 식사를 중지하고 자리에서 일어났다.

집으로 돌아가는 길에 대찬은 많은 생각이 들었다.

걱정스러움.

명환이 걱정됐다.

'주변에 신뢰할 수 있는 사람이 없어서 그러겠지만……'

사업을 하면서 가장 중요한 것은 무조건적인 신뢰를 할 수 있는 듬직한 사람이 주변에 있는가, 없는 가다. 그런 부분에서 가장 쉽게 믿을 수 있는 것은 동포였다. 환경과 문화가 다른 민족들과는 부딪치고 맞지 않는 부분이 분명히 있었고 사회 분위기상 피부색 서열 때문에 같이 일을 하는 것도 수월

하지 못하거나 서로 꺼리는 경향이 있었다.

더군다나 명환이 사업을 일으킨 곳은 동부였다.

'내가 무슨 말을 할 수도 없고.'

친구였기에 깊은 친분이 있었다. 하지만 서재필과 같이 바로 옆에 있어 줄 수는 없으니 지금 당장 대찬이 나무란다고 하더라도 명환이 주의 깊게 들을지는 미지수였다.

그리고 이번에 김달하의 일이 터지자마자 명환을 따라와서 반민족 행위에 대해서 살아날 구멍을 찾으려는 모습, 그런데 시기가 너무 절묘했다. 이에 맞춰 따라오는 여러 가지 생각들이 머릿속을 휘저었다.

'이대로 어영부영 넘어가면 안 돼.'

실체를 보이지 않는 깊숙한 독을 외면할 수 없었다.

'증거가 필요하겠지?'

아무도 몰래 정보를 수집하고 증거를 수집해 반박할 수 없게 만들어야 했다.

다음 날.

대찬의 연락을 받고 사무실로 방문한 사람이 있었다.

"오랜만에 뵙습니다."

"정말 오랜만이네요. 그간 잘 지내셨죠?"

"하하, 덕분에 매일 즐겁게 보내고 있습니다."

"사실은 이번에 부탁이 있어서 연락을 드렸어요."

"무엇이든 말씀만 하십시오!"

어떻게든 해내겠다는 결연한 표정을 짓는 마백수였다.

"선인들이 일을 좀 해 주셔야겠어요."

"네! 당장 하겠습니다."

대찬의 말이 끝나기가 무섭게 어떤 일인지 물어보지도 않고 하겠다고 답했다.

"그리고 이 일은 입이 무거운 분들만 참가시켜야 해요."

"어떤 일입니까?"

"반민족 행위 조사입니다."

"……."

마백수의 입이 멈췄다.

"어려운 일입니다. 하실 수 있겠습니까?"

"필요하니 말씀하신 거겠지요?"

두 사람의 시선이 뒤엉켰다.

"어려운 부탁해서 죄송합니다."

"아닙니다."

겉모습만 본다면 전혀 한인으로 생각할 수 없는 외모거나 어중간한 외모의 소유자인 선인들은 반민족 행위에 대해서 조사하기 안성맞춤이었다. 그동안 능력도 많이 향상되어서 외국어 한두 개쯤은 익숙하게 할 줄 알았고 종종 로비 라인이나 정보 수집을 맡기기도 했었다.

이제는 완벽한 정보 단체가 된 것이다.

아메리칸
드림

"그런데 조사를 염두에 둔 사람이 있습니까?"

"먼저 명환의 주변 사람들부터 부탁합니다."

"바로 실행하겠습니다. 그런데 갑자기 이런 일을 하시는 이유를 물어도 되겠습니까?"

"우리 민족 스스로 자정 능력이 있었으면 합니다."

마백수는 자리에 일어났다.

"맡기셨던 일 중에 제일 힘든 일인 것 같습니다. 제발 기도하건대 그런 사람들이 최대한 없었으면 좋겠습니다."

우울한 표정으로 마백수는 사무실을 떠났다.

"나도 똑같은 마음입니다."

믿었던 사람에게 배신당하는 꼴이었기에 최대한 반민족 행위를 한 사람이 없었으면 하는 마음은 두 사람이 똑같았다.

정보 수집을 지시하고 다음으로 대찬이 시작한 일은 반민족 행위에 대해서 재판하는 과정을 만드는 것이었다. 비공개 재판이 되겠지만 꼭 필요한 일이었다. 일에 대한 경중과 어떠한 처벌을 내릴 것인가에 대해서 확실한 기준이 필요했기 때문이었다.

이 문제로 대찬은 고민했다.

'최대한 중립적인 인물들 혹은 다른 민족의 인물에게 부탁할 것인지 아니면 우리 민족 내에서 자의적인 판단을 할 것인지 결정해야 한다.'

일을 벌이고 난 다음에는 항상 기록될 것이고 차후에 모든 자료는 공개될 것이었다. 누가 어떤 행위를 해서 어떤 처벌을 받았는지 모든 결과는 광복 이후 역사적으로 많은 가치가 생길 것이었다.

'존 웨스턴 대학교에 법대를 만들어 놓길 참 잘했네.'

언젠가 유용하게 쓰일 것이라 생각을 했지만 참으로 시기가 공교로웠다.

'그리고 3년 있었는데 놀라울 정도로 유명해졌지.'

가쓰라-태프트 밀약 때문에 앙금이 있었던 전대 대통령이 태프트를 우연한 기회에 대학교수로 영입해서 학교의 명성과 함께 수준이 상당히 높아졌다.

'하지만 법대 나온 한인들은 변호사를 제외하고는 다른 일을 하지도 못했다.'

변호사를 하기는 했지만, 승률이 높은 변호사가 되지도 못했다. 웃음거리가 되지 않으면 천만다행이었고 멸시와 조롱은 흔한 일이었다.

'이번에는 이런 문제점을 다 해결할 수 있다.'

재판은 판사, 검사, 변호사의 제각각의 역할이 있었는데 반민족 행위 재판을 통해서 경험과 역량을 기를 수 있는 절호의 기회였다.

'어찌 됐건 중립성을 가진 사람이 필요하다는 이야기니 한인에게 우호적인 사람들 특히 법과 관련 있는 사람들을 심사단으로 두고 재판을 하는 것이 제일 좋을 것 같네.'

감정을 이입하지 않는 사람들이 중립적으로 판단할 수 있으니 공정하게 재판하기 위한 최후의 보루일 것이라 생각했다.

'그런데 이건 누구에게 맡겨야 하는 거야?'

왜인지 순간 명건이 얼굴이 떠올랐다.

'미국에 있는 가장 큰 한인 무력 단체라서 그런가?'

생각하고서도 웃었다.

독립 단체와는 성향이 완전히 다른 무력 단체임에도 불구하고 명건의 세력의 성격 자체는 독립 단체의 마인드였다. 그렇기에 위험한 것을 알면서도 믿고 일을 맡길 수 있었다.

'그래도 좀 더 생각하고 다른 사람이 없나 찾아보자.'

저녁이 되자 대찬은 철영과 레스토랑에서 만남을 가졌다. 그리고 그 자리에서 반민족 행위에 대한 조사를 시작했다는 말과 재판에 대해서 설명했다.

"어떻게 생각해요?"

"증거가 명백하다면 굳이 재판이 필요하겠습니까?"

"그래도 증거를 남겨야 한다고 생각해요."

"제 생각은 다릅니다. 굳이 매국, 반민족 행위를 한 사람들을 기록해서 기억에 남게 한다는 것에 대해서 부정적입니다. 흔적 자체를 없애 버려야 한다고 생각합니다."

신중하고 중립적인 태도를 보이는 것과 달리 반민족 행위에 대해서는 아주 단호하게 답했다. 철영은 기본적으로 그들을 용서할 가치가 없다고 보았기 때문이다.

"맞는 말이에요. 그런데 광복 이후 반역자들을 처벌하기 위해서는 기록을 꼭 해야만 해요."

"이해할 수가 없습니다. 이걸 다른 사람이 듣는다면 그들을 옹호한다는 오해를 불러일으킬 수 있습니다."

"어휴, 그게 아니에요. 그들의 입에서 나오는 사람들이 기록을 남겨 두지 않아서 음지로 숨을 경우를 대비하기 위해서 그래요."

광복한 후에 신분을 세탁해서 숨을 사람들이 분명히 많았다. 그런데 지금부터 밝혀지는 반민족 행위를 철저히 기록하고 정보를 수집해 놓는다면 쉽게 숨지 못하리라는 것이 대찬의 생각이었다.

"처단할 매국노들의 정보를 미리 수집해 놓자는 것입니까?"

"바로 그거예요!"

"하하, 그런데 이런 이야기보다 회장님의 다른 말이 더 가슴 설레게 하는군요."

"네?"

"광복한 후라, 하하, 사장님은 어찌 됐건 우리가 광복하게 될 것이라고 확신하고 계시는 것 같아서 말입니다."

"당연하지요! 광복은 무조건 합니다."

"무슨 말인지 알겠습니다. 이 일은 저에게 맡겨 주십시오."

아메리칸
드림

"복안이 있나요?"

"지켜보시면 압니다."

자신감 있는 표정에 대찬은 마음이 놓였다.

"좋아요."

"그건 그렇고 회장님 회사 자료를 정리하던 중에 이상한 점을 발견했습니다."

"이상한 점?"

"네, 확실하지는 않지만 새는 돈이 있는 것 같습니다."

"돈이 샌다고요? 어디서요?"

"테슬라 연구소입니다."

"에이, 설마요."

"테슬라 씨가 워낙 괴짜라 크게 생각하지 못하는 것이 아닐까요? 한번 확인해 볼 필요는 있다고 생각합니다."

연구, 발명 그리고 무한 결벽증을 제외하고는 바보였기 때문에 철영이 하는 말에 전혀 공감되지 않았다.

"알겠어요. 확인해 볼게요."

그 외에 사소하거나 중요한 일과 회사 일을 이야기하며 유익한 시간을 보냈다.

'정말 테슬라 연구소에서 돈이 샐까? 그런데 그 바보가 돈을 횡령한다?'

테슬라는 있는 사실 그대로 이야기를 하지 횡령 같은 것을 생각할 만큼 융통성 있는 사람이 아니었다.

끼이익.

브레이크 소리와 함께 테슬라 연구소 앞에 차가 멈춰 섰다.

여전히 깔끔한 연구소 외관.

찌르르.

대찬이 벨을 누르자 곧 반응이 나타났다.

"응? 보스? 웬일입니까?"

방해받아서 짜증 난다는 표정.

'뭔가 사고 친 표정이 아닌데?'

"할 말 없으면 저는 다시……."

"잠깐!"

대찬은 앤디에게 손짓해 가져온 서류를 테슬라에게 건네주려 했다.

"이게 뭡니까?"

"보고 틀린 점 없나 확인해 줘요."

"잠시만."

다시 연구소로 들어가 무언가를 주섬주섬 챙겨 나왔다.

하얀색 장갑.

양손에 장갑을 끼고 조심스럽게 서류를 받아 보기 시작했다.

"흠."

진지하게 읽기 시작하고 곧 입이 열렸다.

"여기 보이는 이 자재가 무엇인지 모르겠습니다. 잠시만 기다려 주십시오."

곧 무전기를 꺼내 말을 했다.

"대런, 여기로 와 봐."

-무슨 일입니까?

"보스 오셨어."

-……금방 가겠습니다.

기다리고 있자 연구원 복장에 뚱뚱한 사내가 다른 건물에서 급하게 뛰어 왔다.

"처음 뵙겠습니다. 대런 베럿이라고 합니다."

공손하게 고개를 숙이며 대찬에게 익숙한 방법으로 인사를 했다.

"반가워요, 존입니다."

손을 내밀어 악수를 청하자 영광이라는 표정으로 손을 맞잡았다.

"자, 이것 봐."

대런이 서류를 보자 테슬라가 물었다.

"이거 뭐야?"

"아, 소장님 이거 저번에 필요하시다고 했던 자재 아닙니까?"

"내가?"

"맞습니다. 저번 달에 급하게 필요하다고 했던 자재입니다."

골똘히 생각하더니 고개를 끄덕였다.

"확실히 그랬지. 그런데 그게 이렇게 비싼 자재였어?"

"저도 가격은 잘 모릅니다. 그냥 주문해서 쓰는 거지요."

"그래? 보스, 그럼 저도 모르겠습니다."

모른다고 간단히 말하는 테슬라였다.

두 사람의 대화에 대찬은 입이 떡 벌어졌다.

'대책 없네.'

돈에 일말의 관심도 없다는 듯이 행동하는 두 사람이 황당했다.

'그럼 누군가 장난질을 친 걸 수도 있다는 건가?'

만약 맞다면 이런 상황을 자료만 보고 발견해 낸 철영의 능력이 놀라웠다.

대찬은 테슬라가 뭘 하든지 사고만 치지 않으면 다행이라는 생각을 했기 때문이었다.

"그런데 보스, 긴히 할 말이 있습니다."

"뭔데요?"

"이번에 연구하다 보니 아주 좋은 것을 발견했습니다."

"좋은 것?"

"들으시면 깜짝 놀랄 겁니다. 두 개의 원자가 같이 모이기 시작하면……."

분명 자신만의 용어를 통해 어렵고 이해할 수 없게 말하고 있었지만, 이상하게 알 것만 같았다.

아메리칸
드림

"켁."

대찬은 먹은 것도 없이 사레가 들렸다.

'내가 상상하는 게 맞나?'

테슬라는 원자력 발전소를 말하고 있었다.

"그런데 아직까지는 기초 단계입니다만 조만간 상당한 에너지원을 얻을 것으로 예상하고 있습니다. 그러니까 연구 비용에 대해서 아낌없는 지원을 바랍니다."

대찬은 이미를 짚었다.

'이건 또 어떻게 감당하지?'

불안해지기 시작했다.

to be continued

200평 초대형 24시 만화방

📖 수원시청점

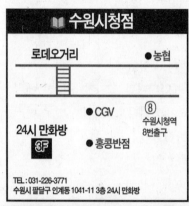

로데오거리
● 농협

● CGV
⑧ 수원시청역 8번출구

24시 만화방
3F
● 홍콩반점

TEL : 031-226-3771
수원시 팔달구 인계동 1041-11 3층 24시 만화방

수면실 (침대식) — 사우나석

2인석 — 샤워실

세탁기 — 신간100%

📖 의정부점

의정부역 ④ ⑤
흥선지하도

◀서울방향

진성약국
던킨도넛츠

24시 만화방
3F

TEL : 031-856-3971
경기도 의정부시 의정부동 197-13 3층

📖 안양점

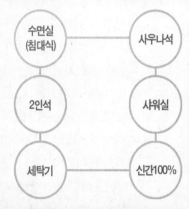

● 안양역
육교

◀관악역
명학역▶

농협

24시 만화방
2F
안양일번가

TEL : 031-466-3771
경기도 안양시 안양동 674-163 공룡고기건물 2층

📖 주안점

주안 남부역

◀제물포
민병철 어학원
간석동▶

24시 만화방 6F

TEL : 032-426-2871
인천광역시 주안남부역 지하상가 4번 출구 GS25시 건물 6층

📖 안산점

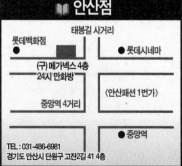

롯데백화점
태봉길 사거리
● 롯데시네마

(구) 메가넥스 4층
24시 만화방

〈안산패션 1번가〉

중앙역 4거리

● 중앙역

TEL : 031-486-6981
경기도 안산시 단원구 고잔2길 41 4층

한수오 신무협 장편소설

철권
마종의

『보검박도』, 『노는 칼』의 작가 한수오의 역작
『철권 마종의』!

쌀 열 섬
비단 다섯 필
그리고 은자 스무 냥
그게 열일곱 살이 된 나의 몸값이었다.

가족을 위해 살수 문파에 몸을 판 마종의
바위보다 굳은 철심, 칼날마저 뭉개 버릴 철권을 가진 그의
검보다 화려한 주먹의 복수!

ROK
MEDIA